An Pincín
& Scéalta Eile

An Pincín
& Scéalta Eile

Pádraic Breathnach

Cló Iar-Chonnachta
Indreabhán
Co. na Gaillimhe

An Chéad Chló 1996

ISBN 1 874700 29 X

Pictiúr Clúdaigh
Pádraic Breathnach

Faigheann Cló Iar-Chonnachta Teo. cabhair airgid ón
gComhairle Ealaíon

Clóchur: Cló Iar-Chonnachta Teo., Indreabhán, Conamara.
Fón: 091-593307
Priontáil: Clódóirí Lurgan Teo., Indreabhán, Conamara.
Fón: 091-593251/593157

d'ANNE
do Dhanann, d'Óban & d'Íosla

Leabhair eile leis an údar céanna:

Bean Aonair, Clódhanna Teo., 1974
Buicéad Poitín, Clódhanna Teo., 1978
An Lánúin, F.N.T. 1979
Na Déithe Luachmhara Deiridh, Clódhanna Teo., 1980
Lilí agus Fraoch, Clódhanna Teo., 1983
Maigh Cuilinn: A Tásc & A Tuairisc, Cló Chonamara, 1986
Ar na Tamhnacha, Clódhanna Teo., 1987
Taomanna (caiséad & leabhrán), Cló Iar-Chonnachta, 1990
Gróga Cloch, Cló Iar-Chonnachta, 1990
Íosla agus Scéalta Eile, Clódhanna Teo., 1992
The March Hare & Other Stories, Cló Iar-Chonnachta, 1994

An Clár

MALHEUR

"An bhfuil tusa ceart go leor?"

"Meas tú an bhfuil sise ceart go leor?"

"Ní mé an bhfuil an cailín sin ceart go leor?"

Níor thug an cailín aon fhreagra. Bhreathnaíodar ina diaidh síos an tsráid. Amanta shiúil sí go bacach. Bhí sé ag báisteach.

"Tá sí fliuch báite!"

"Gan cóta ar bith uirthi!"

"Is cuma leis na ceanna óga seo faoin mbáisteach, tá siad chomh haerach sin, seans gur maith léi a bheith fliuch!"

"Meas tú an ón gcoláiste seo thuas í?"

"Thiocfadh léi a bheith ar dhrugaí nó ar rud eicínt."

"Óltach, b'fhéidir. Na laethanta seo tá cailíní chuile phioc chomh dona le buachaillí."

"Níos measa! Is mó a ólann siad agus is mó a chaitheann siad!"

"Ó, is cinnte go gcaitheann siad níos mó. Is beag leaid a chaitheann."

"Measann siad go gcaithfidh siad seo a dhéanamh le 'spáint go bhfuilid saor ó bhráca, ach gurb é an trua é."

" 'Sé an trua é!"

"Meas tú an raibh agam bealach a thabhairt di sin?"

" 'Sé is dóichí go n-abródh sí leat bucáil!"

* * *

Chling an clog. Bhí lá eile thart. Bhí fuadar mór ar scoláirí ag breacadh síos a raibh fágtha ar an gclár dubh. Rinne an máistir a gcuid obair bhaile a scairteadh os ard. Caitheadh leabhair agus pinn faoi dheifir isteach i málaí; scoláirí ag bualadh go timpisteach in éadan a chéile, ag gabháil leithscéalta.

Níor dheifrigh chuile scoláire, ámh, níor dheifrigh Treasa. Ba go mall a thóg sí ón gclár dubh, agus ba go mall a bhreac sí síos an obair bhaile; i scríbhneoireacht mhór amscaí. Bhí sí braiteach faoina moille. Bhí sí braiteach fúthu seo a bhí fós ina teannta sa seomra. Bhí Úna orthu. Á húsáid, ag ligean uirthi go mba chara í, a bhí Úna. Caithfidh nach raibh cara ar bith eile aici tráthnóna.

"An bhfuil tú faoi réir?"

"Beagnach!"

Dheifrigh Treasa ansin. Bhí sí sásta go mba di a bhí Úna ag fanacht cé go raibh sí den tuairim go mba ghar éigin a bhí uaithi. Chuir sé buile uirthi an chaoi ar chuir Úna fulaingt uirthi. An súmaire! Bhí ráite ag a máthair léi gan a bheith drochmhúinte faoi dhuine ar bith, nárbh aon ionadh é nach raibh cairde aici. Bhí ráite go borb aici lena máthair go raibh cairde aici. Ach bhí an ceart ag a máthair.

D'airigh sí goimh ar a súile. Bhíodar beagáinín tinn, beagáinín slogtha ina blaosc, de bharr anró an lae; de bharr na maslaí a tugadh di, de bharr an méid náire agus ceann faoi a cuireadh uirthi. Ba dhrochlá é. Ba mhian léi a bheith críochnaithe leis an scoil, leis an scoil a raibh sí inti ar aon nós. Níor mhóide go mbeadh scoil ar bith eile chomh dona. Ba scoil dheas í Scoil Naomh Belinda, ba mhúinteoirí deasa a bhí inti agus bhí na cailíní ar fad go deas, ní rabhadar síoraí ag piocadh as a chéile. Dá mba go dtí an scoil sin a bhí sí a dhul bheadh cairde cearta aici. Níor chara í Úna, ní raibh inti ach scubaide, cé gur cheap sí go raibh sí go hiontach. Theastaigh uaithi féin a dhul go dtí Naomh Belinda an chéad uair ach nár ceadaíodh di. Chuir a máthair mála uirthi. Cibé cé scríobh an scríbhinn sin ar a suíochán: 'Tá Treasa Ní Shé 100% i ngrá le Dáithí Ó Máille'? Bhí an-cheann faoi uirthi.

"Déanaigí deifir, a chailíní!"

"Cén chaoi a bhfuil tusa, a Threasa?"

"Go maith!"

Rinne sí iarracht ar mheangadh a dhéanamh. Thug a bheannacht misneach beag di. Bhí idir dhoicheall is fháilte uirthi roimh Úna. Bhí sí sásta ar a laghad ar bith go raibh comhluadar éigin aici. Murach Úna ní bheadh aon duine aici. Choinnigh Úna an doras ar oscailt di. De sciotán d'airigh sí beagáinín ceana ina leith. B'fhéidir nach raibh sí baileach chomh dona is a cheap sí.

Bhí daoine dá gcomhscoláirí ag dul isteach i gcarranna a muintire. Daoine eile acu i ngrúpaí ag coisíocht leo ag cabaireacht. Níor thaithnigh siad léi, ní dhearna siad tada riamh ach comhrá faoi bhuachaillí agus rinneadar spochadh aisti féin is faoi Dháithí Ó Máille. Chuireadar ceann faoi uirthi. Chuireadar pian uafásach uirthi. Níor fhéad sí oiread is breathnú ina threo, agus facthas di go raibh sé le feiceáil i ngach áit. B'fhuath léi é.

Bhí cónaí uirthi in aice na scoile. Bhí cónaí Úna níb fhaide as láthair. A leisciúla is a bhí Úna ba mhinic a thóg sí bus. Amanta, fiú's nuair a shiúil Úna, ní bhacfadh sí le glaoch uirthise. Á húsáid a bhí Úna.

"Ná habair sin faoi aon duine!"

"Tuige nach n-abróinn?"

"An gcloiseann tú mé?"

"Déarfad más maith liom!"

"Ní bheidh duine ar bith mór leat!"

"Ó, an ndúnfaidh tú do chlab mór!"

"Beidh aiféaltas ort!"

"Ní bheidh! Maith go leor?"

"Beidh nuair atá sé ródheireanach!"

D'éalaigh Treasa dá seomra leapan ag sileadh na ndeor.

Ní raibh Úna ródhona amanta. D'fhéadfadh sí a bheith go deas amanta. Bhí amanta ann a bhféadfaí labhairt léi. Bhí sí go deas nuair a theastaigh rud éigin uaithi. Thug sí iasacht a dungaraíonna d'Úna. Níor fheil dungaraíonna di. Bhí Úna rómhór, róramhar. Ní thug Úna rud ar bith ar iasacht dise.

"An maith leatsa an Máistir Mac Suibhne?"

"Céard tá tú a rá?"

"Meas tú cén aois atá aige?"

Stopadar ag geata na scoile le ligean do charr imeacht tharstu. Bhí cor mór sa bhóthar mar a raibh an geata. Bhí sé contúirteach, a scioptha is a ghluais carranna. B'iomaí gearán a deineadh faoin ngeata, gan oiread is maor ann.

"An bhfaca tú Dáithí inniu?"

Gheit Treasa.

"Ar mhaith leat Dáithí a phósadh?"

"Céard tá tú a rá?"

"Cén aois ba mhaith leat pósadh?"

"Níl a fhios agam!"

"Céard ba mhaith leat a dhéanamh amach anseo?"

"Níl a fhios agam, dháiríre!"

"Ba mhaith liomsa a bheith i mo dhochtúir! Nó b'fhéidir i mo mhuireolaí!"

"Céard sin?"

"Muireolaí?"

"Ó, sea!"

"'Séard ba mhaith liom a dhéanamh, dháiríre, dochtúir a phósadh!"

"Ó, bheadh sé éasca . . ."

"Ó, níl sé éasca!"

"Tá mé a rá go mbeadh sé éasca . . ."

"Cé ar mhaith leatsa pósadh?"

"Duine deas!"

"Ba mhaith liom a bheith i mo mhainicín!"

"Céard sin?"

"Mainicín?"

"Ó, sea!"

"Ba mhaith liomsa a bheith saibhir!"

"Bheadh sé sin go breá!"

"'Séard ba mhaith liomsa, dháiríre, éadaí deasa a bheith agam, carr mór agus teach mór!"

"Cén cineál cairr ba mhaith leatsa? Cár mhaith leat cónaí? Ba mhaith liomsa cónaí faoin tuath!"

"Ó, níor mhaith liomsa, bheadh sé róshalach!"

"Tá áiteacha inti nach bhfuil salach. Ar mhaith leatsa a bheith pósta ar fheilméara?"

Scairteadar amach ag gáire.

"Síleann mo mháthair go mbeidh mise i mo mháistreás scoile!"

"Níor mhaith liomsa sin!"

"Níor mhaith liomsa ach oiread é! Ach tá's agam go gclisfidh orm!"

"Clisfidh ormsa freisin!"

"Clisfidh ormsa ins chuile ábhar!"

"Ormsa freisin! Bhoil, b'fhéidir nach gclisfidh orm ins chuile ábhar!"

"Cé na hábhair nach gclisfidh orm iontu, dar leat?"

"Meas tú cé mar a bhraithfeadh sé dhá gclisfeadh ar dhuine ins chuile ábhar?"

"Ní bhfaighfeá post!"

"Níor mhaith liomsa a bheith ar an dól!"

"Ó, 'dhiabhail!"

"Ba mhaith liomsa a bheith i m'ailtire, nó i mo thréadlia. Níor mhaith liom a bheith i m'fhiaclóir, ní theastódh ó dhuine ar bith theacht go dtí thú. Ag caitheamh chuile lá ag breathnú isteach i mbéal duine eicínt!"

"Ó, 'dhiabhail!"

"'Séard ba mhaith liomsa, dháiríre, a bheith pósta ar dhochtúir agus *affaire de coeur* a bheith agam san am céanna le tréadlia!"

* * *

"Ná habair go bhfuil tú ag ithe arís?"

"Níl mé ramhar!"

"Níor dhúirt mé go raibh tú ramhar!"

"Tá tú dhá thabhairt le fios!"

"Níl ann ach gur dhúirt mé go raibh tú ag ithe an iomarca! D'ith tú pizza cheana fhéin inniu!"

"Pisa!" a dúirt Treasa go fonóideach.

"Bhí *croissant* freisin agat!" a dúirt a máthair.

"'*Croissant*!'" a dúirt Treasa, í ag fuaimniú an 't'. "'*Croissant*!'" a dúirt sí ansin mar cheartú. Ach go mb'é an t-iolra ar 'gâteau' an rud ba ghreannmhaire ar fad. 'Gâteaux! Cácaí gateaux!' 'Gate-x!' Í ag fuaimniú an 'x' mar aithris ar a máthair. Chuir a máthair náire uirthi.

"Bíonn tú síoraí ag cur in iúl go bhfuil mé ramhar! Insíonn chuile dhuine eile dhom go bhfuil mé tanaí!"

"Ó, is cuma leo sin cén chaoi a mbreathnaíonn tú," a dúirt a máthair. "D'fhéadfá breathnú ar nós sléibhe chomh fada is a ghabhann siadsan!"

"Ó, dún do chlab!"

"Suas leat agus déan do chuid staidéir!"

"Tá cairde agamsa, murab ionann is tusa!"

De sciotán, ámh, luigh a ball séire mar ualach trom

uirthi. Bhí sí in umar na haimiléise. Dhún sí doras na cisteanaí ina diaidh agus chuaigh sí chuig a seomra leapan agus chaoin sí go fras.

Tar éis tamaill d'éirigh sí as a cuid caointe agus shuigh sí aniar sa leaba. Ní raibh aon chairde aici, a smaoinigh sí. Thosaigh sí ag caoineadh arís agus chuaigh sí síos staighre. Bhí a máthair fós sa chisteanach ag ní na ngréithre sa doirteal.

"Is tusa an té ar cuma léi!" a dúirt Treasa.

"Imigh leat suas agus déan staidéar, agus ná bí ag déanamh óinsí dhíot fhéin!" arsa a máthair.

"Cé hí an óinseach? Is fuath liom thú!"

Dhún sí an doras de thuairt ina diaidh.

"Dún an doras sin i gceart! Nach eol dhuit fós an chaoi le doras a dhúnadh? Níl oiread is duine agaibh ar féidir leis doras a dhúnadh i gceart!"

"Dún thú fhéin é má tá tú chomh maith sin!"

Ba fhuath léi a máthair. Ba fhuath léi a deartháir freisin. Ba bhreá léi dá mbeidís uilig marbh.

"'Threasa! 'Threasa! Tar síos anseo!"

Níor thug Treasa aon aird uirthi.

"'Threasa, an gcloiseann tú mé ag rá leat a theacht síos anseo? An gcloiseann tú mé ag glaoch ort? 'Threasa, tá do mháthair ag glaoch ort!"

Chuala sí a hiníon thuas ag mungailt ruda éigin.

"Abair sin aríst agus cloisfidh tú rud éigin!"

"Ó, an gcloisfidh, a mháthair?"

"Níl oiread is duine agaibh . . .! 'Threasa! 'Threasa, a deirim!"

"Á, dún do chlab troisc!"

"Tá mé a rá leat . . .!"

D'fhill sí go grod ón halla ar an gcisteanach leis an spúnóg adhmaid a fháil, cé go mb'fhada cheana ó d'úsáid sí í. Ba mhinic í ag smaoineamh ar a húsáid, d'eile a d'úsáidfeadh sí? Dar a hanam, d'úsáidfeadh sí an t-am seo í agus d'úsáidfeadh sí go maith freisin í.

"Oscail an doras sin!"

Níor tugadh aon fhreagra uirthi. Thug sí an t-ordú céanna arís. Arís eile níor tugadh aon fhreagra uirthi.

"B'fhéidir go bhfuil tú bodhar?"

"B'fhéidir nach bhfuilim bodhar!"

An bealach réidh, nós cuma liom, a d'fhreagair a hiníon í b'amhlaidh a chuir sé tuilleadh feirge ar an máthair. Maistín! Maistín sotalach!

"Th'éis a bhfuil déanta agus tugtha dhuit!"

"Ní dhéantar tada domsa!"

Ba go réidh, nós cuma liom, a labhair sí.

"Oscail an doras sin!" a d'ordaigh a máthair arís go tnáite.

"Ní hé seo a dheireadh seo, tá mé ag rá leat!" a dúirt sí, ag filleadh ar an gcisteanach.

Sheas sí sa chisteanach ag smaoineamh di féin agus ansin thogair sí ar an tulán a phlogáil isteach le cupán tae a fheistiú di féin. Níorbh í an raibh chuile iníon mar a hiníonsa; nach bhféadfaí labhairt léi nó comhrá a dhéanamh léi. Cibé cén t-údar a raibh an doicheall mór seo uirthi? Ba chuma céard a deineadh di ní raibh sí sásta leis. 'Ní fhaighimse tada!' 'Ní dhéantar tada domsa riamh!' 'Is cuma fúmsa!' Tar éis a raibh faighte aici: blús nua ar an Satharn, docanna nua, dungaraíonna nua. Dhoirt sí amach an tae agus d'oscail an bosca brioscaí. Gan briosca ar bith sa bhosca! Bhorr straidhn arís inti. An bosca brioscaí a bhí folaithe aici, é fuadaithe arís! Gan oiread is briosca fágtha ann! Micadónna, Cimberlaithe, Cócónutanna, Figróllanna, iad uilig fuadaithe!

"'Threasa! 'Threasa! Cá'il na brioscaí uilig imithe?"

An cleas céanna á imirt ag Treasa uirthi: gan freagra ar bith a thabhairt.

" 'Threasa, an gcloiseann tú thuas ansin mé? 'Threasa!"

'Ní chloisim thú, tá mé bodhar, a mháthair!"

Ag déanamh neamhshuime den achasán, labhair sí go réidh lena hiníon.

"Cá'il na brioscaí ar fad imithe?"

"Fiafraigh de do mhac muirneach, a mháthair!"

A leithéid d'iníon, a leithéid de dhuine, a dúirt an mháthair léi féin. Bhí ráite ag daoine léi go dtiocfadh sí as, nach raibh ann ach tréimhse shaoil, go mba mheasa ar an gcaoi seo cailíní ná buachaillí. Cinnte dearfa ba mheasa ise. Smaoinigh sí amanta ar a tógáil chuig dochtúir mar go mb'fhéidir cúnamh de dhíth uirthi. 'Go dtiocfadh sí as', bhí sé in am aici a bheith tagtha as agus í ag bordáil ar na seacht mbliana dhéag.

Nuair a d'oscail sí an cuisneoir chonaic sí nach raibh *yoghurt* ar bith fágtha ann. Iad uilig ite! Cén t-ionadh go raibh sí chomh trom is a bhí sí? Chaithfí rud éigin a dhéanamh. 'Ó, ar ndóigh, cuir an milleán ormsa!' D'fhéadfadh sí glór a hiníne a chloisteáil. B'fhéidir nárbh í faoi deara é, b'fhéidir go mb'é Damien é, b'fhéidir go raibh an iomarca milleáin á chur uirthi? Ba bhreá léi dá mb'é sin é. Dá mba é ghabhfadh sí go fáilteach chuici agus chuirfeadh sí a lámha ina timpeall agus dhéanfadh sí a fáisceadh i mbarróg mhór, ag iarraidh maithiúnais uirthi. Bheadh a fadhbanna ar fad thart, ghabhfadh sí féin is a hiníon isteach sa bhaile mór le chéile. Dá mbeadh a hiníon difriúil, gnách mar chuile dhuine, murach go raibh sí chomh trom, ramhar, thiocfadh leo a dhul chuig bialann nó chuig óstán agus caifé nó pé ní ba mhian leo a ordú agus taithneamh a bhaint as an lá agus as a chéile. Dá mbeadh sí amhlaidh d'fhéadfadh sí féin is a hiníon a bheith ar nós máthair is iníon ar bith: comhrá sibhialta a bheith acu le chéile seachas an tsíorsháraíocht. Thiocfadh léi a fhiafraí dá hiníon faoina cairde, faoin gceol ba rogha léi, faoi dhioscónna.

Ní dheachaigh Treasa chuig dioscónna. Chuaigh sí chuig ceann agus dheamhan ar iarr sí a dhul an dara babhta. Ní raibh comhrá acu faoin gceann sin, ní dhearna sí riamh ach a fhiafraí di cén chaoi a raibh sé agus ón bhfreagra a fuair sí b'eol di nár cheart di an scéal a fhadú. Níor thóg sí mórán ceann de an t-am úd. Sásta go maith faoi a bhí sí, nár iarr sí cead arís. Fanadh sí, a dúirt sí léi féin, go mbeidh an Ardteistiméireacht déanta aici. I ndiaidh na hArdteistiméireachta d'fhéadfadh sí spraoi a bheith aici.

Le tamall, ámh, bhí sí ag éirí cineál imníoch. Bhí uaireanta ann nuair ba dheas léi go lorgódh a hiníon cead, go spáinfeadh sí dúil. Níorbh é go deimhin go raibh an iomarca staidéir á dhéanamh aici. A mhalairt. 'An ngabhann Úna chuig dioscónna?' 'Ná fiafraigh dhíomsa fúithise!'

"Ar mhaith leat a dhul chuig an dioscó anocht?"

"Ná lig ort go bhfuil suim agat ionamsa!"

Thriail sí ar stuaim a choinneáil ach ní raibh sin ró-éasca.

"Tá tú an-bhéasach, caithfidh mé a rá!"

"Is cuma le duine ar bith fúmsa!"

Bhris a deora arís ar Threasa agus de sciotán bhí sí imithe ón gcisteanach.

* * *

Chuala an mháthair an argóint thuas staighre. Chuala sí glór géar Threasa. A glór ard. An tuin chéanna ghlóir i gcónaí aici. Gan ann ach cur amú ama a bheith ag iarraidh uirthi a glór a ísliú, b'éard a dhéanfadh sí a ardú. 'Sibh síoraí ag spochadh asamsa!' a déarfadh sí. Í imithe isteach seomra Damien ag lorg cabhrach ach gur thosaigh sí láithreach ar a mhaslú. Bhí sé ag rá léi, ag ordú di, ag béicíl uirthi a dhul amach. Ach ní dheachaigh sí amach, bhí fanta aici ann á cháineadh agus á ghéar-ídiú. Cén milleán air gur dhiúltaigh sé í? Fiú's dá gcuideodh sé léi dheamhan a bhfágfadh sí é gan a mhaslú.

"Dia dhár réiteach!"

Choinnigh sí uirthi ag faire ar an teilifís ach dheamhan a raibh sí in ann a hintinn a ligean léi, í ag súil go gcuirfí críoch thuas leis an scliúchas, go ngabhfadh Treasa amach chuig a seomra féin. Cén chaoi a mbeadh sí ag dréim le hádh?

Lean an fuirseadh ar aghaidh, an tsáraíocht, an bhéicíl. Cá gcríochnódh sé? An bhfásfadh sí as mar a bhí ráite? Cén aois? Dheamhan a raibh a rian le feiceáil fós. Dá mbeadh sí réasúnach thabharfaí cúnamh di. An tArdteastas damanta seo! Dá n-éireodh léi fáil isteach sa mhúinteoireacht! Ba ghairm mhaith í an mhúinteoireacht.

D'éist sí ní ba airdeallaí. Cé go mba bhuachaill cneasta é Damien b'fhaitíos léi go mbainfeadh sé úsáid as an iomarca nirt lena dheirfiúr a theilgean amach.

"Níl ionat ach cac!"

Riastraigh sí nuair a chuala sí caint náireach sin a hiníne. Í náireach ó bhéal ar bith. Cibé cár chuala sí an cineál cainte sin? A mhinice is a d'ordaigh sí di éirí as!

"Cuir do chloigeann suas do thóin!"

Suas staighre de rúid léi. Dheamhan a gcuirfeadh sise suas le caint bhrocach mar í.

"Cén cineál cainte í sin a chuala mé uaitse?"

"Céard dúirt mé uaim, a mháthair?"

"Gabh amach as an seomra sin!"

"Gabhfaidh mé amach más mian liom!"

"Téirigh amach go dtí do sheomra fhéin!"

Rug sí ar ghualainn ar a hiníon agus thug tarraingt bheag di, ach go raibh sí chomh trom le boghlaer eibhir.

"Bain do lámh dhíomsa, a mháthair!"

An chaoi a dtugadh a hiníon 'máthair' uirthi ba mhór an drisín ag a máthair é.

"Ó, níl cead agam 'máthair' a thabhairt anois ort? Shíl mé go mba thú mo mháthair. Cé go mb'fhearr liom murar thú. B'fhearr liom dá mba uchtaithe a bhí mé agus ansin go bhféadfainn mo mháthair cheart a chuardach. Is tú an mháthair is uafásaí ar domhan! Ba mhaith liom glaoch gutháin a chur . . ."

"Ar aghaidh leat!"

"Déanfad lá eicínt!"

"Is iontach an iníon thú!"

"Ba mhaith liom imeacht ó bhaile!"

"Imigh leat! Imigh leat! Ní bheidh tú i bhfad imithe!"

"Imeoidh mé liom lá eicínt! Beidh mé imithe agus ní bheidh a fhios agatsa cén áit!"

"Go maith, a mh'anam!"

"Maith go leor!"

* * *

Bhí Treasa ag caoineadh agus í ina suí ag a deisc ina seomra leapan. Ba mhaith léi a bheith básaithe. Bhí briathra a máthar, 'dhá n-oibreofá', 'dhá ndéanfá iarracht', ag treabhadh trína hintinn. D'oibrigh sí, rinne sí iarracht, d'oibrigh sí agus thriail sí go crua. 'An t-airgead seo go léir a chaitear ort! ' 'Do do chur chun coláiste le gur duine éigin a bheas ionat amach anseo!' Bhí sí in ann ceol an raidió sa chisteanach a chloisteáil go fann. Bhí sí in ann Hi-fi

Damien a chloisteáil go fann ina sheomra seisean. Ach dá gcasfadh sise a Hi-fi féin ar siúl céard déarfaí? Déarfaí nárbh é an t-ionadh é nár fhéad sí blas ar bith a dhéanamh. 'Cén chaoi is féidir intinn a ligean le hobair má tá raidió ag glafairt i t'aice?' Níor dúradh sin le Damien. Ní raibh an saol cóir. Cad chuige a mba dise a tugadh an mheabhair cinn ba lú?

Bhí ballaí a seomra clúdaithe le postaeirí: Johnny Dep, Christian Slater, Jason Priestley. ' Caitheadh Johnny Dep amach as an scoil in aois a dó dhéag i ngeall ar ól agus ar dhrugaí. In aois a trí déag rinne sé craiceann a bhualadh le cailín. D'fhága sé baile in aois a sé déag. Phós sé nuair a bhí sé scór blianta'. Ba mhaith léi féin imeacht ó bhaile, a cúl a thabhairt ar a muintir agus a haghaidh ar an domhan mór. B'éasca sin a dhéanamh i Meiriceá, shíl sí.

Tom Cruise. Bhí pictiúr aici de Tom Cruise. Shíl sí go raibh Tom Cruise go hálainn, go raibh éadan álainn agus súile áille aige. Sa phictiúr bhí sé ag pógadh méirín coise gasúirín: an gasúirín ina luí ar fhleasc a dhroma, gan air ach naipí mór. Ba mhaith léi páiste dá cuid féin a bheith aici.

Bhí go leor teidithe agus puisíní cait leagtha ar a leaba agus ar a seilfeanna. Bulc litreacha agus cártaí a bhí faighte aici thar na blianta bhíodar fós aici. Bhí a carbhat scoile ar an urlár. Bhí crú capaill ar crochadh os cionn a dorais. Bhí póstaer mór de chailín óg lena lámha fáiscthe timpeall ar mhadra mothallach ar crochadh os cionn a deisce. Scríbhinn air: MÁ TÁ GRÁ AGAT DO DHUINE EICÍNT 'SPÁIN É!' Bhí an dara póstaer mór ina seomra, póstaer de mhadra ag caoineadh: NÍ THUGTAR GRÁ DHOM!'

Faoi dheireadh thogair sé ar a dhul isteach arís chuig Damien. Cúnamh eile a iarraidh air. Chuile bhabhta bhí súil aici go mb'é an babhta deiridh é, go mbeadh sí in ann feasta. Bhí sí ag triail agus níor chóir a rá nach raibh.

D'admhaigh an Máistir Mac Suibhne gur thriail sí. Dúirt sé rudaí deasa léi: 'ní féidir ach dícheall a dhéanamh!' 'Bua ann féin é, a Threasa, go ndéanann duine a dhícheall!'

"Níl ann ach cúig lá dhéag go dtí mo lá breithe!" a dúirt sí go neafaiseach mar ó dhea le Damien.

"Ó, bhabh!" a dúirt seisean.

Baineadh siar aisti.

"An inseoidh tú do do chairde é?" a dúirt sí.

"Tuige a ndéanfainn sin?" a dúirt Damien le straois.

"Díreach chun . . ." a dúirt sí.

"Díreach cén fáth?" a dúirt sé.

"Is fuath liom thú!" a dúirt sí go giorraisc, agus amach léi.

Dhún sí a doras féin go daingean agus thosaigh sí ag caoineachán. Chaoin sí go ceann i bhfad agus ansin chuaigh sí síos ag an gcisteanach.

"Ná tosaigh ag ithe aríst!" a dúirt a máthair.

"Cé dúirt tada faoi ithe?" a dúirt sí.

Rinne sí casaoid faoi Damien, nach dtabharfadh sé cúnamh di.

"Níor iarr sí orm, fiú amháin!" a dúirt Damien.

"Tá tú ag inseacht bréige!" a dúirt Treasa.

"Níor iarr tú orm!" a dúirt Damien arís le béim.

"Bréagadóir! Bréagadóir!" a dúirt Treasa.

"D'iarr sí orm inseacht do mo chairde faoina lá breithe!" a dúirt Damien.

"Bréagadóir! Bréagadóir! Tuige a n-abróinn sin leatsa?" a dúirt Treasa.

"Tuige, go díreach?" a dúirt seisean.

"Bhí agat a iarraidh go múinte ar aon chaoi!" a dúirt a mháthair.

"Níor iarr mé chor ar bith air!" a scread Treasa.

"Faoi do cheachtanna!" a dúirt a máthair.

"Níor iarr sí faoina ceachtanna!" a dúirt Damien.

"Níl aon bhealach béasach aici ar aon nós!" a dúirt a mháthair.

Thug Treasa cic ar a chois do Damien.

"Anois tá sí do mo chiceáil!" a dúirt Damien.

Bhrúigh Damien uaidh í.

"Stop é sin, Damien!" a scread sí os ard.

"Bucáil leat!" a dúirt Damien.

"Níl ionat ach cac muice!" a scread sí leis.

"Is tusa an cac!" a dúirt Damien. "Tá boladh bréan uait!"

"Dia dhár réiteach!" arsa an mháthair. "Céard chor ar bith . . . ? Má chloisim . . . ! Cibé céard . . . ?"

"Murach tusa a bheith mar mháthair agam bheinn ceart go leor! Ní ormsa atá an locht! Ba thusa a rug mé!"

"Go mbíonn ar dhuine cur suas leis seo!"

"B'éigean domsa cur suas libhse le sé bliana dhéag!" a scread Treasa trína deora, í ag bailiú léi as an gcisteanach.

"Níl cead agat breathnú ar an teilifís!" a dúirt a máthair. "Suas leat ag do sheomra!"

"Cé labhair ar an teilifís?" a scread Treasa ar ais. "A Thiarna Dia!" a dúirt sí, ag dúnadh an dorais de thuairt ina diaidh.

Rinne a máthair osna a ligean.

"Cibé cé has a dtáinig sí?" ar sí.

"Chuala mise thú!" a dúirt Treasa, an doras á oscailt arís aici. "Amach as do bholgsa a tháinig mé!" a dúirt sí. "Amach as do thóinse! Cé mar bhréantas!"

* * *

Bhí an lá meirbh agus bhí Treasa ina seomra leapan i mbun staidéir éigin. Cé nárbh ar a leabhair dáiríre a bhí a hintinn. Dá bhfeicfí go cruinn í, ainneoin a cloigeann a bheith cromtha, thabharfaí faoi deara go mba ar radharc éigin i gcéin a bhí a hamharc. Ba dhóbair go mba stánadh gloineach a bhí ina súile, í ag meabhrú ruda éigin eile go crua. Níor lena Hi-fi, a bhí ar siúl go híseal, a bhí sí a éisteacht ach oiread. Bhí ráite ag Úna léi gur bhreathnaigh sí ar nós bean feilméara. Bhí sí tar éis í a spochadh faoi Dháithí Ó Máille. Bhí ráite ag a máthair léi go raibh sí ramhar. Nár ramhar a bhí sí ach otraithe. Bhí ráite aici léi nach raibh aon chairde aici, nó cén chaoi a mbeadh. Bhí ráite aici léi nach raibh de shamhail di ach coca féir. Go raibh sí ródhrochmhúinte, ródhána, róchorrmhéiniúil. An raibh sí chomh gránna seo? Bhí sí uafar. D'airigh sí ciontach faoin 'slám airgid a bhí caite uirthi'.

Buaileadh cnag ar a doras. Bhí sí ar tí a rá leis an té a bhuail an cnag imeacht, ach b'í a máthair í agus bhí sí istigh ina teannta.

"Ar mhaith leat a theacht amach sa gcarr?"

"Níor mhaith!" a d'fhreagair sí.

"Lá chomh breá leis?" a dúirt a máthair.

"Caithfidh mé staidéar a dhéanamh!"

"'Séard a bheas ann duit, sos, ní bheimid amuigh i bhfad!"

"Níl mé ag imeacht!"

Rinne sí brúchtaíl ard.

"Ó, an éireofá as sin?"

Bhris caoineachán ar Threasa.

"Níl ann ach nós!" a dúirt a máthair.

"Ní hea," a dúirt Treasa. Ba ar éigean a d'fhéadfaí a cloisteáil.

"Ní thiocfaidh tú amach?" a dúirt a máthair arís.

"Tá staidéar le déanamh agam!"

"Déan staidéar ar feadh píosa agus ansin cuir glaoch

gutháin ar Úna agus abair léi a theacht anall!"

"Níl sí uaim!"

Is gráin liom í, a dúirt sí ina hintinn.

"Tuige nach dtiocfaidh tú amach más ea?"

"Níl uaim a dhul!"

"An mbeidh tú ceart go leor leat fhéin?"

"Is cuma le héinne fúmsa!"

"Ní cuma! Ní cuma le héinne againn! Ar son do leasa atá muid ar fad dhá dtuigfeá sin!"

Rinne a máthair braiteoireacht. Chuaigh sí fad leis an bhfuinneog agus d'fhéach sí amach. Bhí súil ag Treasa go bhfágfadh sí. Céard a bhí á coinneáil?

Chuala Treasa an doras tosaigh á dhúnadh agus an carr á chur siar amach ar an mbóthar. Dheifrigh sí go dtí an fhuinneog le déanamh cinnte go raibh Damien sa charr freisin.

Cé go raibh sí spreagtha bhí guaim a dóthain uirthi. D'fhágfadh sí an nóta ar leaba a máthar.

Dhruid sí doras an tí ina diaidh, ag cinntiú glas air. Bhí formhór gach smaoinimh ruaigthe as a cloigeann aici cé is moite den spota agus dá gníomh. Bhí pictiúr gléineach den spota aici.

Shiúil sí fán abhainn. Ní thabharfaí tada faoi deara óir bhí cosán ann. Ag deireadh an chosáin bhí páirceanna bána. B'é an corrdhuine a shiúil na páirceanna. Bhí sruth láidir uisce ag an spota, é domhain leathan. Báid mhóra in ann a theacht aníos ón aigéan go dtí é.

Rinne sí braiteoireacht. Gan mórán coinne bhí scamaill dorcha os cionn na gréine agus scaip duifean ar fud na dúiche. Bhreathnaigh an t-uisce fuar. Phléasc plimp thoirní. Thosaigh braonta báistí ag titim. Thosaigh Treasa ag caoineadh.

EACHTRA

Bhíos Tigh Mhic Dhomhnaill ar mo shlí chuig an gcluiche, mé i mo sheasamh go socair i scuaine ann, nuair a bualadh an bhleid orm; bleid chairdiúil, ó fhear nach raibh smid aithne agam air.

"Tá an-slua ag tarraingt ar Pháirc an Chrócaigh!" a dúirt sé.

D'aontaigh mé leis gur mar sin a bhí.

"Beidh trioblóid ann!" a dúirt sé.

Bhreathnaigh mé ní ba ghéire air. Céard go baileach a bhí i gceist aige? Go mbeadh trioblóid ag Gaillimh? Bhuailfeadh Gaillimh an cac as Cill Chainnigh! Scliúchas?

"Ní móide go mbeidh!" a dúirt mé.

"Bíonn i gcónaí!" a dúirt sé.

Ba Bhleá Cliathach go smior a bhí ann i dtaca le guth, é bun-íseal, scafánta go maith. A chuid gruaige gearrbhearrtha.

"An mionlach," a dúirt sé, "mionlach beag!"

Bhí uaim a bheith cúramach.

"Tá siad sin ins chuile áit!" a dúirt mé.

"Is measa Bleá Cliath!" a dúirt sé.

"Meas tú?" a dúirt mé.

"Scaibhtéirí!" a dúirt sé.

"Tá droch-cháil ar Luimneach!" a dúirt mé.

"Níl iontu ach amaitéaraigh!" a dúirt sé.

Bhíos á bhreithmheas go dúthrachtach. B'fhéidir nárbh aon dóichín é. Cad chuige é ag caitheamh drochmheasa ar mhuintir a áite féin? Bhí fearg mhór ag teacht air.

"Nach bhfaca tú anuraidh, an Gaillimheach sin a maraíodh!" a dúirt sé.

Níor fhéadas cuimhneamh air.

"Anuraidh!" a dúirt sé arís.

"Anuraidh?" a dúirt mé, cineál múisiam ag teacht orm.

"I lár an lae!" a dúirt sé. "É ag ól pionta go ciúin lena chúram!"

Bhíos i mo bhambairne, níor fhéadas cuimhneamh air.

"Fear breá, ar nós thú fhéin anois, agus sádh scian ann!" a dúirt sé.

"Mar sin é?" a dúirt mé.

"Fear a bhí ag tabhairt aire dhá ghnaithe fhéin!" a dúirt sé.

Bhí an scéal ag cinnt orm.

"A mba as Cathair na Gaillimhe é nó as Conamara nó as áit eicínt mar sin?" a dúirt mé, sách dóite.

"Áit eicínt mar sin!" a dúirt sé.

Bhorr cuimhne ionam.

"As Dún na nGall b'fhéidir?" a dúras.

A luaithe is a bhí sé sin ráite agam bhí faitíos orm go sílfeadh sé gur ag magadh faoi a bhí mé.

"Áit eicínt mar sin!" a dúirt sé.

"É ag tabhairt aire dhá ghnaithe fhéin!" a dúirt sé. "Tá's agat fhéin, ceann de na sceana móra sin a bhfuil an feac dubh uirthi, lann fhada naoi n-orlaí, faobhar ar an dá thaobh!"

Shamhlaigh mé an scian.

"Tá siad sin chomh géar le rásúr!" a dúirt sé.

"A ghéire sin nach n-airítear an gearradh go mbíonn an lot déanta!" a dúirt sé.

Ba mhór an gar an méid sin féin, a smaoinigh mé.

"Baineann siad casadh as an scian ansin!" a dúirt sé.

Ó, a dhiabhail, a dúirt mé, b'in fulaingt nach dtaithneodh liom.

“Scaibhtéirí!” a dúirt sé.

“D'fhéadfá a rá!” a dúirt mé.

“Gan uathu ach pian!” a dúirt sé. “Go bhfeicfidís na ríoganna péine!”

Bhí uaim casadh a chur sa chomhrá.

“Is as Bleá Cliath dhuit fhéin, bail ó Dhia ort?” a dúirt mé.

“Is as agus tá náire orm!” a dúirt sé.

“Tuige a mbeadh náire ort?” a dúirt mé.

“Th'éis ar tharla don fhear óg sin!” a dúirt sé. “Fear breá óg. Mór. Glanbhearrtha.”

“Mar sin é?” a dúirt mé.

“Ríoganna péine ina éadan, an fear bocht,” a dúirt sé, “agus a cholainn ar fad ag riastradh!”

“Bhí sé go dona!” a dúirt mé.

“Go dona? Tabhair go dona air, a mhic ó!” a dúirt sé.

Nárbh é an mí-ádh é, a smaoinigh mé, go raibh sé san áit ina raibh sé. B'in é an chaoi a mbíonn sé, an mí-ádh amanta ar dhuine.

“Is amhlaidh a ghéaraítear ar an bhfonn orthu nuair a fheiceann siad an riastradh!” a dúirt sé.

“Tá daoine mar sin ann!” a dúirt mé.

“Bhí píosa ar an bpáipéar faoi. Muid curtha ar an saol seo le aire a thabhairt dhá chéile agus seo mar a tharlaíonn ina dhiaidh sin. Nach dona an chaoi é, nach bhfuil an ceart agam?” a dúirt sé.

“Tá an ceart agat!” a dúirt mé.

“Gan ionainn ach uimhir!” a dúirt sé. “Nuair a ghlaoitear t'uimhir, sin é é!”

“Sin é é, muis!” a dúirt mé.

“Tá súil agam go ngnóthóidh Gaillimh i ngeall air sin!” a dúirt sé. “Ba bhreá liom go ngnóthódh Gaillimh. Tá súil le Dia agam go ngnóthóidh Gaillimh.”

"Gnóthóidh freisin, agus beidh do ghuidhe agat!" a dúirt mé.

Ar dhána an mhaise dom an deilín deiridh? B'fhéidir go sílfeadh sé gur ag spochadh as a bhíos.

"Bíonn Cill Chainnigh sách salach!" a dúirt sé.

"Á, ní bhíd go dona!" a dúirt mé.

"Is salaí ná Gaillimh iad!" a dúirt sé.

"Is salaí chuile dhream acu ná Gaillimh!" a dúirt mé.

"Druga é an riastradh!" a dúirt sé.

"Íosfaidh tú cúpla slisín?" a dúirt mé.

"Íosfaidh mé burgar agus ólfaidh mé deoch bainne," a dúirt sé.

"*Fair play* dhuit, a mhac!" a dúirt sé. "Is maith liomsa Gaillimh. B'as Gaillimh do mo mháthair!"

"Cén áit ann?" a d'fhiafraigh mé.

Chuir sé cloigeann smaointe air féin.

Rith sé i dtobainne liom go mb'fhéidir nach raibh agam an cheist sin a chur.

"As an gcathair nó as Conamara nó áit eicínt mar sin?" a dúirt mé.

"As áit eicínt mar sin!" a dúirt sé. "Cailleadh go hóg í, le hailse bhroinne!"

"Tá an diabhal ailse sin go dona!" a dúirt mé.

"Tagann sin ar 90% de na mná, gabhann sé le hoidhreacht!" a dúirt sé.

"Gabhfaidh muid in airde staighre le go mbeidh suíochán againn!" a dúirt sé.

"Is maith liom ag caint leat, is fear macánta thú," a dúirt sé. "Is breá liom a bheith ag comhrá le duine uasal. Duine meabhrach thusa, is breá a bheith ag comhrá le duine meabhrach!"

Dúirt mé leis nár dheas liom a thrioblóid, ach bhí a thrioblóid dearmadta aige. Dúirt sé ansin nár thada anois í, go mb'id é an saol.

"Cár pháirceáil tú do charr?" a d'fhiafraigh sé.

"Tá's agamsa cár chóir carr a pháirceáil agus cá nár chóir," a dúirt sé. "Tá sráideanna sa gcathair seo agus dhófaí carr iontu chomh huain is d'fhágfaí ann é. Dhéanfaí sin an t-úinéara fhéin istigh ann. Níor bhreáichte ag na daoine seo tada ná é a bheith. Bhrisfí an fhuinneog ina smidiríní, ghoidfí as agus chaithfí peitreal air."

"Scaibhtéirí!" a dúirt sé. "Deargscaibhtéirí!"

"Sin a dhéanfainn fhéin leis na bastaird seo, a ndó!" a dúirt sé.

Ón gcaoi a raibh sé ag oibriú a lámh, á snaidhmiú ina chéile agus ag déanamh dorn astu gach re seal, dhealraigh sé go raibh an-fhearg air. Bhíos gráinnithe de chomh maith le faitíos a bheith orm roimhe. Theastaigh uaim bealach éalaithe a aimsiú ach bhí mé ag meabhrú san am céanna go mb'fhéidir go sílfeadh sé go rabhas ag fágáil an iomarca den chomhrá faoi fhéin agus go mb'fhéidir go gcuirfeadh sé seo tuilleadh oilc ar ball air.

"Tá bastaird acu sin chomh brocach is go ndiúltódh an lasair fhéin iad!" a dúirt sé.

"Is aisteach an mac an saol!" a dúirt mé.

"Táid bréan!" a dúirt sé.

Níorbh iarracht rómhór den ghlaineacht a bhí air féin, muis. Mé ag iarraidh go discréideach ar feadh an ama cosc anála a chur ar mo shrón. Mé ag súil i dtosach nach raibh ann ach rud sealadach, broim b'fhéidir.

"Brocach bréan!" a dúirt sé.

"Easpa séarachais ar na créatúirí!" a dúirt mé.

"Ara, cén?" a dúirt sé.

"Easpa cóiríochta a bhí agam a rá," a dúirt mé.

"Ní thuigfidís sin 'cóiríocht'!" a dúirt sé.

"Gabh mo leithscéal anois!" a dúirt mé.

"Céard le n-aghaidh?" a dúirt sé.

"Faoin rud eile a rá!" a dúirt mé.

"Cén rud eile?" a dúirt sé.

"Faoin téarmaíocht mhícheart a úsáid!" a dúirt mé.

"Cén téarma?" a dúirt sé.

"An focal!" a dúirt mé.

"Focal?" a dúirt sé.

"Mar gur dhúirt mé an focal mícheart!" a dúirt mé.

"Níor dhúirt tú aon frigin focal mícheart!" a dúirt sé.

"Bhoil, gura maith agat!" a dúirt mé.

"Sin seafóid! Ná bí ag gabháil buíochais liomsa!" a dúirt sé.

Níor dheas an aghaidh a bhí air. Bhíos ar thob mo bhuíochas a ghabháil arís leis.

"Abair pé rud is maith leat! Tír shaor í seo más tír bhrocach fhéin í!" a dúirt sé. "Ach ná bí ag seafóid!"

"Bí i t'fhear!" a dúirt sé.

Níor thaithnigh sé liom chor ar bith gur airigh sé go raibh cuid mhaith den ghus bainte aige asam óir chreid mé i gcónaí i gcásanna mar seo go mb'fhearr an fhearúlacht.

"Ní bheadh aon ticéad le spáráil agat?" a dúirt sé. Ba go dána a labhair sé.

"Ceannóidh mise uait é!" a dúirt sé.

Bhí na lámha á n-oibriú i gcónaí aige, an snaidhmiú a luaigh mé cheana, agus babhtaí é ag oibriú doirn ar bhois.

"Ná ceap nach bhfuil airgead agamsa!" a dúirt sé.

"Cé mhéad atá ar Ardán Uí Ógáin?" a d'fhiafraigh sé.

"Is mór an méid airgid é!" a dúirt sé. "Scannal é!"

"Tá go leor airgid dhá shaothrú ag an gCumann sin!" a dúirt sé.

"Is peaca é!" a réab sé. "Thógfaí muirín air sin!"

"An gceapfá anois airgead a bheith agamsa?"

"Cheapfainn thú a bheith deisiúil go maith," a dúirt mé.

Rinne sé gáire.

"Gabh i leith uait agus siúlfad píosa den bhealach leat," a dúirt sé.

Dá molfadh sé aicearra bhí rún agam a rá leis go raibh orm castáil ar dheartháireacha liom ag Óstán de Barra. Cé go raibh faitíos orm go n-abródh sé, cibé cén cineál cloiginn é, gur mhaith leis 'haló' a rá leo.

"Céard a cheapann tú fhéin?" a d'fhiafraigh sé.

"Ó, tá míle fáilte romhat!" a dúirt mé.

"Do phraghas an ticéid?" a dúirt sé.

"Tá sé ard!" a dúirt mé.

" 'Tá sé ard!' " a dúirt sé d'aithris orm. "Tá sé an-ard, ró-ard!"

"Ceannaítear ina dhiaidh sin iad!" a dúirt sé.

"Ceannaítear!" a d'aontaigh mé.

"Sin é an trioblóid!" a dúirt sé. "Mura gceannófaí d'ísleofaí!"

"Nach fíor dhom é ?" a dúirt sé.

"Fíor dhuit!" a dúirt mé.

Bhí uaim a bheith scartha uaidh. Shantaigh mé mo sheanchiúnas, mo sheanshábháilteacht, mo sheanmhachnamh neamhurchóideach féin. B'in dlúth is inneach na hócáide seo domsa go mbeinn scaitheamh liom féin d'fhonn an t-atmaisféar a bhraith, d'fhonn an fhilíocht a thabhairt liom. An rúille búille a bheith i mo thimpeall ach mé a bheith lasmuigh de á shú isteach chugam.

"An bhfaighidh tú bean dhuit fhéin i ndiaidh an chluife?" a d'fhiafraigh sé.

Ní raibh súil ar bith agam leis an gceist sin. Baineadh siar uilig asam. Bhí agam spraoi a dhéanamh faoi ach chlis orm. Is beag maitheas atá ionam ag déanamh spraoi mar sin mura bhfuilim réitithe chuige. Cé go bhfuil slám jócanna foghlamtha agam chinn ar fad orm ceann ar bith acu a thapú. Chuadar glanoscartha as mo mheabhair. Níor bhain ceann ar bith acu le hábhar, pé scéal é, ach tá daoine ann, arb aoibhinn Dia dóibh é, atá in ann an jóc is mí-ábharaí amuigh a chasadh i gceart. 'Ar chuala tú an ceann faoi . . .?'

"Nach in a dhéanann chuile dhuine ón tuath?" a dúirt sé.

"Céard seo, a dhuine uasail," a dúirt mé i dtobainne.

"Deireadh seachtaine salach, ha?" a dúirt sé.

"Nuair atá siad sa gcathair, saor ó chúram, faghann siad mná!" a dúirt sé.

Bhreathnaigh sé san éadan orm, cineál straoise air, shíleas. Ba mhór an faoiseamh agam an straois, má ba straois é.

"Ní ag magadh atá mé chor ar bith!" a dúirt sé. " 'Siad muintir na tuaithe an dream is géimí ann! Macnas ar fad iad!"

"Tá's agat fhéin, feilméirí groí na gcaipíní agus na gcótaí dorcha, a wellingtain uathu, a mbuicéid lán, siúl bacach orthu le teaspach!" a dúirt sé.

"Cuirfidh mé geall leat gur thug tú faoi deara iad!" a dúirt sé.

"Ná habair nach bhfuilid i nGaillimh!" a dúirt sé. "Cuirfidh mé geall leat má ghnóthaíonn Gaillimh go gcaithfidh tú séap?"

"Nó má chailleann siad b'fhéidir ansin go mb'id é an t-am ba ghéire gá?"

Chonaic mé le lúcháir gardaí ag tíocht amach ar diúité as a Stáisiún mór Shráid Mhic Ghiobúin. Bhí barracáid tógtha trasna na sráide, an slua á sheiceáil acu. Bhíothas ag éileamh go 'spáinfí ticéid, ach ní rabhthas an-ghéar. Bhí daoine á 'spáint agus daoine nach raibh. B'fhearr liomsa go mba ghéire iad. 'Spáin mise mo thicéad agus tháinig mo dhuine i mo dhiaidh. Céard sa diabhal a dhéanfadh sé ar ball? B'éard a dhéanfadh sé, b'fhéidir, mo thicéadsa a éileamh? A áiteamh? Cé thiocfadh i gcabhair orm dá gcuirfeadh sé troid orm? An gcomhairleodh sé dom, ó bhí éadan ionraic orm, leithscéal éigin a ghabháil leis na húdaráis: mé a rá leo gur chailleas mo thicéad ach a uimhir a bheith agam?

Ní dhearna sé ceachtar den iliomad réiteach sin, ámh. Ní dhearna sé ach siúl leis in éineacht liom agus seasamh in éineacht liom.

"Tá's agamsa cá bhfaigheá bean mhaith," a dúirt sé an chéad deis eile a bhí aige.

Shamhlaigh mé láithreach an cineál straoille míolaí a chuirfeadh seisean ar fáil, nár mhóide galar bradach sa chruinne, pláigh nó aicíd mharfach, nach mbeadh ag gabháil dá gabhal.

"Ní chuile bhean is cóir a thrust!" a dúirt sé.

"Déanta na fírinne is beag duine acu is cóir!" a dúirt sé. "Inseoidh mise an fhírinne anois dhuit, is luathintinní bean ná cat agus is místaidéartha í ná bó faoi dháir!"

"Ssssss!" a dúirt mé, óir bhí faitíos orm go gcloisfí é.

Óir bhí sagart ina sheasamh sa scuaine romhainn agus bhí barúil agam go raibh a chluasa ar bior aige. Níor theastaigh uaim go gcloisfeadh seisean ach go háirid muid óir go gcuirfeadh sin tuilleadh baoil ar mo cheann poist. Cé go dtuigim nach móide ciontóirí níos measa sna cúrsaí seo ná an chléir, agus go mb'é ba dhóichí an duine groí seo a bheith ag tógáil nótaí ina intinn ar son a phléisiúir féin. Ach, ina dhiaidh sin . . .

"Céard sin ort?" a dúirt sé.

"Céard é fhéin?" a dúirt mé.

"Thú ag caint leat fhéin!" a dúirt sé.

Bhreathnaigh sé go géar orm.

"Tá cairde agamsa!" a dúirt sé.

Shíl mé gur sméid leathchluas an tsagairt. Sméideadh

chomh mór leis an sméideadh a dhéanfadh cluas chapaill. Shamhlaíos ar an bpointe cluasa géara capaill ar an sagart. "Coinnigh do chluasa ó luail!" a dúirt mé i m'intinn leis. Ba mhór é mo dhoicheall roimhe.

"An bastard béalchráifeach!" a d'fhógair mé i m'intinn.

De gheit ba mhó go mór fada an drochmheas a bhí agam ar an duine eile seo ná ar mo dhuine liom. Fonn lasctha ar mo dhuine eile seo a bhí orm. Óir níorbh é an faitíos céanna a bhí orm roimhe. Faitíos roimh a scéalta bréige ar ball a bhí orm, murab ionann is an faitíos láithreach a bhí orm roimh mo dhuine liom.

"Foc leat!" a dúirt mé i m'intinn, ach go gcaithfidh go mba airde ná i m'intinn a dúirt mé é, óir shíl mo dhuine liom gur ag cur mallachta airsean a bhíos.

"Céard é fhéin?" a dúirt sé mós grod.

"Gabh mo phardún!" a dúirt mé mós umhal.

Dúirt mé leis go mba ar an mboc eile a bhíos ag cur mo mhallachta, go mba dhuine uasal eisean.

"Dream sleamhain iad na boic sin!" a dúirt mo dhuine liom.

Bhí tuairim agam ón gcaoi ar labhair sé go raibh scéalta aige.

"Bí ag caint!" a dúirt sé.

"Nach maith atá's agam é!" a dúirt mé.

Cé nach raibh agam ach luaidreáin.

"Tá's agamsa mar a bhfaighidh tú bean!" a dúirt sé.

"Dia dhár réiteach!" a dúirt mé.

Mar go mb'fhearr liom go mór dá mba scéal faoin gcléir aige é. Bhí scannán fraighleachais briste cheana féin ar mo cholainn.

"Tá go leor áiteacha sa gcathair seo ina bhfaighidh tú ceann!" a dúirt sé.

"Dia dhár réiteach!" a dúirt mé arís.

D'airigh mé go raibh mo dhuine romham ag fuirseadh ar a chosa.

"Tá go leor áiteacha ann!" a dúirt mo dhuine liom.

"Ceapann daoine gurb iad na háiteacha galánta is fearr!" a dúirt sé.

"Dul amú ar fad é sin!" a dúirt sé.

"Airgead mór ar bheagán iad na háiteacha galánta!" a dúirt sé.

"Téirigh go dtí áit na cuma broghaí!" a dúirt sé. "Mar gur ann a bhfaighidh tú an craiceann is a luach!"

"Tá mé a rá leat gurb ann atá na mná!" a dúirt sé.

"Má shíleann tú gurb é tóin na brocaí fhéin é," a dúirt sé, "ná bíodh scáth ort!"

Faoi dheireadh bhíos ar thob a bheith ag ceann na scuaine, a thicéad sínte uaidh ag an gcladhaire romham agus an geata á scaoileadh dó.

Scinn loinnir dhóchais tríom ach gur chuir mé smacht orm féin.

"Nílir slán go bhfuilir slán, a chara!" a dúirt mé liom féin i gcogar.

"Pádraigín!" a dúirt sé.

"Céard é fhéin?" a dúirt mé.

"Pádraigín is a hiníon, Bairbre, seacht mbliana dhéag d'aois!" a dúirt sé.

"Céard é fhéin?" a dúirt mé.

"'Siad is fearr i mBleá Cliath!" a dúirt sé.

"Gheobhaidh tú chuile shórt ó Phádraigín! Chuile shórt, tá mé a rá leat!" a dúirt sé.

"Bíodh *treat* agat dhuit fhéin!" a dúirt sé.

"Uimh. 3, Ascaill an Chaisleáin! Bus 30!" a dúirt sé.

"Déarfainn gur fear thú a shantaíonn bean!" a dúirt sé. "'Siad na muca ciúine . . .!'"

Dúirt sé go mba dhuine cneasta mé agus go raibh súil

aige go ngnóthódh Gaillimh. Go raibh a mbua tuillte ag Gaillimh tar éis ar tharla don fhear óg álainn sin anuraidh.

"Na crochadóirí!" a dúirt sé. "Na deargchrochadóirí!"

An chaoi a raibh a chuthach ag méadú tháinig mórfhaitíos nua orm. Céard nach ndéanfadh sé leis na bastaird.

Shín mé beagán airgid aige agus dúirt sé go ndéanfadh sé cúiteamh liom amach anseo. Dúirt sé liom a bheith go maith dom féin.

Dhéanfadh sé fós an comhar a roinnt leis na bligeaird sin a mharaigh an fear óg sin. Go ndéanfadh sé tinn, mall dóibh é. A sá a dhéanfadh sé ach go ndéanfadh sé an sá san áit ba bhinne.

"Na scaibhtéirí!" a d'fhógair sé. "Na deargscaibhtéirí!"

Bhí ag duine a bheith ar a shíor-aire. Bhí ag duine cosaint a bheith aige. D'inseodh seisean dom cá bhfaighinn an scian cheart.

AR CUAIRT

Le gairid thogair mé ar chuairt a thabhairt ar mo sheancholáiste féachaint cé na hathruithe móra a bhí tarlaithe le blianta ar an áit bhreá sin. D'fhág mé mo sheanrothar sa tseanáit chéanna le hais na seanráillí faoi dheis agus dhreap mé an tseanleitir chnoic i dtreo na seanchéimeanna ar chúl le go ngabhfainn isteach le hais na gcealltán mar a dhéanainn fadó.

Sheas mé ar bharr na leitreach ag breathnú siar ar an ngort peile. Chonaic mé mé féin arís amuigh ar an ngort, mé faoi gheansaí is faoi bhrístíní geala, mé i mo lárleatosaí, mé téagrach láidir, an pheil i mo sheilbh agam, í idir glac is brollach agam, mé ag déanamh tréanruathair lándíograise i dtreo an chúil, cúl na foirne eile, cúl na naimhde, cúl an dreama a gcaithfimis buachaint orthu. Bhíodar i mo thimpeall, bhíodar ag iarraidh mé a bhascadh, bhíodar ag triail mé a choinneáil, mé a chuibhriú, mé a cheansú. Bhíodar ag iarraidh go ndéanfainn calaois. Ach aon chuid dá n-iarraidh ní dhéanfainn. Bhainfinn scór amach, bhainfinn cúl nó cúilín.

"An-fhear! An-fhear, a Mháirt!"

B'in é an liú. Cic chiotóige a thóg mé. Ligean don liathróid preabadh ar an talamh agus speach dhalba a tharraingt de sciotán uirthi. Ó, a mhic go deo, b'in í an speach. B'in í an speach thar speacha ar fhan a brí i mo chuimhne. A bhí chomh húr inniu le inné nuair a ghlaofainn ar ais uirthi.

"Airdfhear! Airdfhear, a Mháirt!"

Níorbh iad na glórtha molta sin faoi deara an chuimhne ach pleanc mo choise i gcoinne na liathróide. Pleanc mo choise tréine. Nuair a d'airigh mé an pleanc bhí a fhios agam go ndéanfadh sé bun. A thréine is a bhí m'urchar bhí a fhios agam go mba urchar ar leith é, go bhfuadódh sé roimhe. Bhí a fhios agam mura gcuirfí dá rian go dtógfadh sé leis an cúl báire isteach ina chúl.

B'é an seanghort ceannann céanna é, gan curtha a dhath lena fhad nó lena leithead. É timpeallaithe i gcónaí ag an seanchosán ciorcalach céanna. An cosán ciorcalach ar a ngabhtaí ag coisíocht, i mbeirteanna, i dtriúranna, i gceathrair, amanna sosa, i gcoinne chur is cúitimh nó béadáin nó ithiomrá. A ngabhtaí timpeall go haonraic air le linn cúrsa spioradálta. Inniu, samhlú nach ndearna mé riamh cheana, shamhlaigh mé an gort leibhéalta sa lár mar phlásóg héileacaptair. Bhraith mé an cosán a bheith muinteartha, agus áirid san am céanna.

Bhraith mé an cnocán ard faoi chlé amhlaidh. An cnocán ar a suítí le linn cluiche. An cnocán múscánach, a raibh oiread caonaigh le féar ar a dhromchla. An dream a shuíodh ansin níor rómhór a suim. An dream ar shuim leo ba thíos ar an gcosán ina seasamh a bheidís; béicíl agus callán ar siúl acu. An dream a shuigh, a luigh ar a leathriasta, a luigh ar fhleasc a ndroma, b'í an leisce, b'í an ghrian, agus b'é an mionchomhrá neafaiseach ba rogha leo; iad ag baint lá eile as.

An corrsheanchrann ag cur i gcónaí ar shleasa an chnocáin, agus ar mhullach an chnocáin bhí 'An Foirgneamh'. An Foirgneamh, fearacht an choláiste féin, tógtha as eibhear gearrtha. B'éard é An Foirgneamh, halla mór, móide suanliosanna na sinsear. Cé nár dearnadh 'sinsear' de gach uile scoláire sinsearach. Bhí ar an sinsearach gradam an tsinsir a shaothrú, agus b'í an chaoi leis sin ná a bheith umhal. B'éigean freisin a bheith fadfhulangach óir sheas An Foirgneamh leis féin, agus cé go raibh uisce reatha i mbuacairí An Fhoirgnimh ní raibh aon uisce te iontu. B'éigean feistiú i suanliosanna fuara agus b'éigean éadain a níochán in uisce reoite.

An sagart a bhí i bhfeighil An Fhoirgnimh níorbh aon ribín réidh é. Éadan plucach dearg air. É ráite faoi go mba iardhornálaí é. É ráite go mba mharfach an buille ciotóige a bhí aige. É ráite ag saineolaithe go mba chumhachtaí i bhfad ag an dornálaí deachiotóg ná deadheasóg. Bhí an sagart seo contúirteach. É ráite faoi go mba éasca a ghríosadh chun feirge. É síoraí ar a bhionda ag iarraidh smacht a choinneáil air féin, bhí sé ráite. Ba ghéarghá an smacht sin, bhí sé ráite, a mharfaí is a d'fhéadfadh sé a bheith dá snapfadh sé.

Iad seo a bhí faoina chúram ghéilleadar dá riail. B'é 'sea, a Athair!', 'cinnte, a Athair!' acu uilig é. Ach níor bhreathnaíodar orthu féin mar bhogáin, nó níor breathnaíodh mar bhogáin orthu. Drong mhórálach astu féin a bhí iontu, agus breathnaíodh go mórálach orthu. Samhlaíodh go mb'iad an drong ba fhoirfe iad. Nuair a choisíodar ar a gconaire síos ag an mbialann, b'é an tuairim go raibh an t-uachtar i leith.

"Complacht Sham!"

"*High for Samson*!"

Cé nár le grá go baileach é. Nó le cion. Nó le meas. Ach teann measa orthu féin, rá's gur mhaireadar faoina réimeas, agus gur mhaireadar. B'in cáilíocht le cur i CV. Cé go mba go humhal a maireadh. Ach bhí bua ag gabháil leis: an scoláire a bhí faoina chúram thuas, murar tharraing sé aon achrann, ba dheise mar a chaith sé thíos leis. An té nach raibh thuas ní raibh aon ainm ag Sam air.

"Thusa! Thusa ansin! Céard tá tusa a dhéanamh? Thusa, a deirim?"

Sciúird á déanamh chugat ag Sam. Sciúird tréan an tairbh. An cheist phráinneach á cur agat i dtobainne ort féin: cén smacht a choinneodh sé air féin an babhta seo? An n-éireodh leis an smacht sin a choinneáil? Arbh í an uair seo a shnapfadh sé? Arbh é an babhta seo a chaillfeadh sé an cloigeann go hiomlán, a ghabhfadh sé ina dhearg-ghealt, a dhéanfaí an dochar, a dhoirtfí fuil, a bhrisfí srón? An dtarraingeodh sé a shainbhuille ciotóige an t-am seo, nó arbh é a dhéanfadh sé go mbéarfadh sé a ghreim dhá láimh ar chloigeann an ainniseora, an cloigeann a bhualadh in aghaidh chlár na deisce? Gach uile scoláire faoi thost alltachta. Mura mbeadh ann ach go dtógfadh sé a mhaide leathair as póca a shútáin níor mhiste, ní dhéanfaí aon síorscrios.

Ba sa bhFoirgneamh a bhí an t-ardán agus ba ann a chuirtí na drámaí ar siúl. Ceoldráma na Nollag. Nó dráma de chuid Shakespeare. Agus ba ann i meán an tsamhraidh a thugtaí amach na duaiseanna leabhair: leabhar, nó cúpla leabhar, i gcoinne gach ábhair.

Ach b'í tréith an fhaitís a bhain leis an bhFoirgneamh domsa. Agus níor i ngeall ar Shamson amháin é ach gurbh ann a bhailíodh an coláiste go léir le chéile don mhórthionól mór, gach uile bhliain, i dtrátha na Cásca; an coláiste go léir idir scoláirí agus lucht foirne, chléirigh eile isteach, móide an t-easpag. Ba ina suí ar chathaoireacha ar an ardán a chuirtí an chléir, an t-easpag ina lár i gcathaoir mhór chun tosaigh. Ba ina suí ar chéimeanna i gcúl an halla nó ar a dtónacha ar an urlár a chuirtí na scoláirí, iad féin is lucht an ardáin aghaidh ar aghaidh ar a chéile. Spás folamh urláir eatarthu. Ba amach i lár an spáis ghlain seo a chaithfeadh an scoláire mí-ámharach a dhul ina aonar le dán a aithris nuair a ghlaofadh an t-easpag amach a ainm.

"I am monarch of all I survey,
My right there is none to dispute;
From the centre all round to the sea
I am Lord of the fowl & the brute."

An leabhar rolla á thabhairt ina láimh don easpag. Leabhar mór a raibh clúdach crua dubh air. Ainm gach uile scoláire sa leabhar, de réir ranganna. Rang a haon á thaispeáint don easpag. Mí-ámharán amháin as gach rang. Nó dá mbuailfeadh an spadhar an t-easpag d'fhéadfadh sé an riail sin a bhriseadh agus beirt nó triúr as an aon rang a fhógairt amach. B'fhéidir go n-éalódh rang.

"Tuige an driopás?"

"Céard tá tú a rá?"

"Céard tá an dán a rá?"

"Cén gá atá le '*b*' sa bhfocal '*dispute*'?"

Táirm ghéar an easpaig. Béarla na n-uasal aige. Urlabhraíocht ghalánta ghéar aige. Faitíos ar gach n-aon. Na sagairt féin, faitíos orthu.

"Cé tá mar mhúinteoir urlabhraíochta agat?"

Cén t-ionadh faitíos orthu? Cén t-ionadh faitíos ar Shamson féin? Gach uile shagart orthu ina shlíbhín urraime is ómóis.

* * *

Bhí na leithris san áit chéanna faoi dheis agus bhí na tobáin níocháin san áit chéanna faoi chlé; agus bhí na seanchealltáin go díreach mar an gcéanna, an dath domlasta céanna orthu, na scríoba céanna fiú amháin. B'é an oiread céanna scoláirí, dhealraigh sé, a bhí ag útamáil go fánach sall is abhus.

Ba anseo i measc na gceallltán a théadh Samson ag smúrthacht i ndiaidh dó a theacht anuas ón bhFoirgneamh. É ag fógairt ar scoláirí deifir a dhéanamh. É ag fálróid chomh fada leis na céimeanna. É ag dearcadh amach go fáilí. É ag coinneáil faire ar na leithris. É ag tabhairt a ruathair isteach iontu. A chaincín in úsáid i gcoinne bolaidh aige, boladh toitín. Nár mhéanar leis breith ar ainniseoir éigin? Ba alpadh sionnaigh ar choinín é nó alpadh con ar ghiorria.

Agus b'amhlaidh aige é ar an té a bheadh mall isteach. Ba chuma cérbh as an té sin. An scoláire lae ón tuath nó an scoláire lae ón gcathair.

"Gabh i leith anseo!"

Sé smíste de leathar crua á bhfáil ag an té sin. Lámha tuaithe nó lámha cathrach b'é an dá mhar a chéile é. Sioc ar an talamh nó sneachta b'é an dá mhar a chéile é.

An doras á dhúnadh amach aige. É ag deifriú i gcoinne a leabhar. É ag deifriú isteach ina sheomra ranga. An phaidir á rá go borb faoi dheifir aige. Ceist á cur go borb aige. An leathar á lascadh ar dhroim aige.

"In airde ar do chosa, a chapaill!"

Dá bhfeicfí mé ag fálróid céard déarfaí? Dá bhfeicfí mé thuas staighre i measc na suanliosanna? Céard a shílfí, cé na ceisteanna a chuirfí? Níor mhóide go gcuirfí mórán suntais nó suime ionam. D'inseoinn go spleodrach don té a d'fhiafródh go mba sheanscoláire ar sheanaistear cumha mé roimh an mbás. Ní hamháin sin, a déarfainn, ach d'inseoinn go raibh an uair ann nuair ba mháistir sa tseanáit ionúin seo freisin mé. Seanmháistir a bhíodh faoi mhórmheas agus faoi mhórurraim, a déarfainn.

Isteach liom san ionad staidéir. Níorbh é an t-ionad mór céanna chor ar bith é. B'é an méid céanna a bhí ann gan amhras, agus b'é an cruth céanna a bhí air, agus b'é an spiara céanna a bhí tarraingthe siar, agus b'í an uimhir chéanna scoláirí a bhí ag leamhstaidéar ann, ar an leamhchaoi cheannann chéanna, ach thairis sin níor mhar an gcéanna chor ar bith é. Solas difriúil ar fad a bhí ann. Níor mhar an gcéanna na dathanna ach oiread. Bhí pictiúir ar crochadh ar fud na háite, pictiúir bhreátha. 'Gus bhí maisiúcháin ar crochadh ann a raibh dathanna an-tarraingteacha orthu. Ba dheacair dom mo shúile a choinneáil uathu a tharraingtí is a bhíodar. Ba gheall le scrín é. Chuireadar aoibhneas orm. Thugadar síth agus síocháin dom. Shíl mé go mba mhór agus go mba mhaith an plean nua seo.

Bhí máistir ina sheasamh go réidh i gcúl an ionaid, san áit ba mhó a raibh na maisiúcháin. Cé nár thug mé faoi deara i dtosach é d'aithnigh mé é óir ba dhuine é a bhí mórán ar chomhaois liom féin. Bliain ní ba shine le bheith barainneach. Bhí muid sa choláiste in éineacht. Níor ró-iontas liom nach ndearna sé sméideadh súile orm ach ó nach ndearna rinne mise. D'fhreagair sé mé ach in áit a theacht i mo leith b'éard a rinne sé a aghaidh a thabhairt amach. Ghluais mé amach ina dhiaidh óir bhí barúil agam go mb'in a bhí ina fhreagra. I gceann staidéir atá sé, a dúirt mé liom féin, agus ní mian leis go gcuirfimis isteach ar chúrsaí.

Choinnigh sé air ag siúl, ámh. Seasfaidh sé i gceann píosa, a dúirt mé liom féin, agus ansin beidh ár ndreas comhrá againn. Ach b'éard a rinne sé a aghaidh a thabhairt ar an staighre; gan tada a rá, gan sméideadh a dhéanamh. Ní leanfaidh mé é, a dúirt mé liom féin. Cérbh é le go leanfainn? Cuireadh sé a theanga, a shúile, a mheabhair agus a cholainn ar fad san áit ba theolaí aige!

B'éard a dhéanfainn, a dúirt mé liom féin, a dhul síos an siúltán galánta. Bhíos gléasta go néata. I bhfad ní ba ghléasta ná mar a bhím go hiondúil. Bhí feisteas glas orm. Níor chulaith í cé gur bhreathnaigh sí mar chulaith. '*En semble*' a thug mé uirthi. Bríste caol a réitigh go maith le mo chaoile féin. Seaicéad deaghearrtha. Léine a d'fheil do na baill eile. Ach thar aon ní b'é mo charbhat gealdathach a thaithnigh liom. Ba charbhat an-tarraingteach é agus bhí mé an-mhórálach as.

Síneann an siúltán le fad an choláiste, go dtí an doras mór agus thairis. Bhíos mórálach muiníneach. Níor mhóide go gcasfainn ar aon seansagart, nó ar shagart ar bith, bhí na sagairt éirithe gann, agus ba dheise liom nach gcasfainn. Níor mé an raibh an sean-uachtarán ar shlí na fírinne?

Shiúil mé síos an siúltán ní ba shuaimhní ná mar a shiúil mé riamh é. Choisigh mé go fuinniúil, mo lámha leabhara á luascadh agam agus mé do mo chasadh féin ó thaobh go taobh ag faire ar na seónna nua. B'iomaí cineál nua a bhí ann. Chuir a líon iontas orm. Soilse nua ar fud na háite. Gloine go leor curtha isteach thar na blianta. Gloine agus aireagail agus clúideanna geala. Go leor pictiúr agus píosaí ealaíne.

Chuaigh mé thar seanseomra ranga, arbh uimhir seachas ainm a bhí anois ar a dhoras. Bhí fonn orm mo chloigeann a shá isteach. D'aithneoinn mo bhinse. Ba ann a chuir an t-easpag ár dTeagasc Críostaí orainn sula ndeachamar suas an cnocán chuig an bhFoirgneamh.

"Mártan Ó Raghallaigh!"

> "*Oh, solitude, where are the charms*
> *That sages have seen in thy face*?
> *Better dwell in the midst of alarms*,
> *Than reign in this horrible place*."

"Abair deich nAitheanta Dé!"

"Alexander Selkirk!"

Ba sa cheathrú bliain a bhí mé an bhliain sin. An lá sin an bhliain dár gcionn chuaigh mé faoin tor.

Ach ainneoin seo, agus ainneoin nár bhain mé riamh le drong Shamson, agus ainneoin nár ceapadh mar reachtaire mé i mo scoláire sa choláiste, ceapadh i mo mháistir ann mé a luaithe is a bhí mo bhunchéim críochnaithe agam. Gan oiread is cáilíochtaí an mhúinteora agam nuair a fuair mé an ghairm.

"Tá post múinteora anseo dhuit más áin leat é a bheith agat," a dúirt an t-uachtarán.

Máistir a bhí ag imeacht agus cheapfaí mise ina áit. Bhí trína chéile orm. Níor mhórtheist aon ní a bhí ormsa, cheap mé. Insíodh dom an tuarastal a thabharfaí dom, ach go mbeadh breis bheag le fáil as an bhfoireann peile a thraenáil. Shíl mise go mba mhór an tuarastal é. Bhí ceann faoi agus luisne orm óir b'éard a shíl mé go mba mhór an rud é go mbeifí sásta tuarastal chomh hard a íoc liom.

Thogair mé ar an bpost a thógáil óir dúirt an t-uachtarán liom go raibh sé chomh maith agam tabhairt láithreach faoin saol. Dúirt sé liom nach gcuirfeadh an cúrsa Dioplóma san Oideachas stró ar bith orm.

"Beidh sé ina réidh an achair ar do mhuintir sa bhaile," a dúirt sé.

Agus bhí mo leannán agam.

"Tógfaidh sibh teach ar an mBóthar Ard!" a dúradh liom.

Ach bhí mé an-neirbhíseach. Agus dheamhan grá dá laghad a bhí agam ar an gcoláiste.

Ainneoin mo chúthaile bhí mé an-cheanndána. Ainneoin gach uile shórt bhí an nimh fós sa bhfeoil agam. Faoi bhruth feirge thug mé ainm gránna ar Shamson. Bíodh sé ina iardhornálaí nó ná bíodh ní raibh aon fhaitíos roimhe faoi seo orm. Ba fhear lúfar láidir mé agus bhuailfinn féin ar ais é.

A dhul ag an uachtarán a rinne Samson agus mé a chasaoid. Rinne an t-uachtarán mé a ghairm go dtína oifig. Dúirt sé liom go gcaithfinn stuaim a choinneáil orm féin. Dúirt sé liom go gcaithfinn leithscéal a ghabháil. Dúirt mé leis nach ngabhfainn. Ní raibh aon mhairg orm. Dúirt sé liom go gcaithfinn nó go gcaithfinn an coláiste a fhágáil.

* * *

Shroich mé an doras mór, gan sagart nó deoraí a theacht i m'airicis. Nuair a d'osclóinn an doras sin bheadh plásóg mharmair ar m'aghaidh agus céimeanna móra síos uaithi, síos go dtí an dara plásóg a raibh an príomhdhoras amach ar a haghaidhse. Bhí mé idir dhá chomhairle an ngabhfainn amach anseo arae bhí an baol i gcónaí ann go gcasfainn fós ar shagart. Ach, ach oiread le príosúnach ar gearradh tréimhse phríosúnachta go héagórach air agus a bhí anois ag fágáil an phríosúin, dúirt mé liom féin, cad chuige nach ngabhfainn amach an príomhdhoras? Nach raibh seo tuillte agam, a dúirt mé liom féin. Tar éis na mblianta ar fad, i mo scoláire, i mo mháistir, cad chuige faoi seo nach ngabhfainn amach an príomhdhoras faoi ghradam? Ar ndóigh ba mhinic a chuaigh mé amach an príomhdhoras céanna, an bhliain go leith a chaith mé ag múineadh, ach níor faoi ghradam a chuaigh mé. Ba go corrach, fáilí, faoi smál éigin, faoi dhímheas éigin, dar liom, a chuas. Níor bhain mé sásamh riamh na laethanta sin as mo phribhléid. Ach bhainfinn sásamh inniu aisti. Inniu shiúlfainn amach go borrtha.

I dtobainne chuala mé gleo seanghluaisteáin ag teacht isteach an ascaill agus ag stopadh amuigh i ngar don doras. Sagart? Duine foirne? De thurraic rith sé liom casadh siar, a dhul suas an siúltán ar ais agus amach ar chúl mar ar tháinig mé isteach. Den sciotán céanna, ámh, dúirt mé liom féin nach ndéanfainn sin, nach ndéanfainn aon rith nó éalú. D'osclaíos an doras agus bhíos amuigh, san aer glan grianmhar.

D'aithnigh mé an sagart scafánta. Aithne agam air ón am anallód nuair ba chomhscoláirí agus leaschairde le chéile muid. Eisean beagán níb óige ná mise. Bheannaigh sé go muinteartha dom cé go mb'fhada nach bhfaca sé mé, agus labhair sé sall le duine éigin eile a bhí ag saothrú i gceapóg bhláthanna; é do mo sheoladhsa i leith ag an bhfear eile seo ar chomhuain le bheith ag coinneáil comhráite difriúla leis an mbeirt againn. An fear eile seo b'é an sean-uachtarán é; é ag saothrú na talúna anois mar a bhíodh sé i dtólamh.

Ar an bpointe boise tháinig sé i leith tríd an gceapóg, é ag beannú chugam go fáiltiúil i nGaeilge. Ba le hómós, thuig mé, a labhair sé i nGaeilge, mar cé go mb'fheasach mé i gcónaí an teanga sin a bheith ó dhúchas aige níorbh í a labhraíodh sé. Rug sé ar leathláimh orm. Chuir sé an leathlámh eile faoi m'uillinn.

"Do chéad fáilte! Is fada nach bhfaca mé thú!"

Ba fháilte chaoin, a raibh nádúr inti, an fháilte seo aige. D'airigh mé go fírinneach go raibh cion agus meas agus ómós i dteannta a chéile inti. É ag croitheadh mo láimhe labhair sé smideanna liom, é ag díriú smideanna eile ar an gcomhthalán dubh sagart meánaosta a bhí tiomsaithe faoi seo. Bhíodar ar fad ag aontú leis, cé nárbh é an t-uachtarán chor ar bith faoi seo é, ach sean-uachtarán ar pinsean. An nua-uachtarán i measc an chomhthaláin.

"Tá déanta go maith agat, bail ó Dhia ort!" a dúirt an seanuachtarán.

Bhí meas acu ar fad orm. Coinníodh greim ar mo láimh agus choinnigh mise greim láidir ar a láimhsean le nach dtitfeadh sé amach i ndiaidh a shróine ar an gcosán stroighne.

"Caithfidh tú lón linn?" a dúirt sé.

Ní raibh i gceist agam aon lón a chaitheamh leo. Ní raibh aon cheapadh agam go dtairgeofaí aon lón dom, ach bhí socraithe agam cibé céard a tharlódh, cibé cén leathachainí nó lánachainí a dhéanfaí liom, nach nglacfainn le béile ó éinne acu. B'éard a bhí beartaithe agam lón compóirteach a chaitheamh liom féin. Ach . . .

"Caithfead!" a dúirt mé.

"Go maith!" a dúirt an sean-uachtarán, agus gach uile dhuine eile den chomhthalán, agus thángadar ar fad amach ar an gcosán agus ghluaiseamar ar fad in ár scata éan ar ais i dtreo an choláiste. Ainneoin a ndeachaigh roimhe bhí áthas orm go ndearna mé an cinneadh ceart.

"Ní mórán atá againn ach pé ní atá roinnfear leat é!" a dúirt an crannfhear.

"Mairteoil rósta, le súlach, sílim!" a dúirt sé.

"Thar cionn!" a dúirt mé, an t-aer mar aibhléis bheannaithe in ár dtimpeall.

AN COILEACH FEÁ

Tá an gortú do mo chrá fós. Lúbaim agus riastraim le náire. Púscann an t-allas trí mo chraiceann. Bím ag tnúth le folach, le dul amach faoin aer, ar mo rothar siar abhaile. Feicim i gcónaí mo lámh in airde, mé sleabhctha i mo sheasamh.

"Suigh síos, a phleota!"

B'é an rang Béarla é, "*Wind in the Willows*" ar siúl againn, an tAthair Mistéil ár múineadh; fear lách agus múinteoir maith. B'iad na focail deacra a bhí sé a mhíniú. Mar ba ghnách ba nós aige an focal a chur ar an rang. Ní raibh mo lámh riamh in airde agamsa, go dtí inniu. B'é an focal *peasant* é agus bhí brí an fhocail sin agam; nó shíl mé go raibh. Ba ormsa a cuireadh an focal.

"*A bor-d*!" a dúirt mé go scáfar.

Phléasc an rang amach ag gáire.

"'Sé thú fhéin é, a chailleach!"

Ní raibh ach an t-aon choileach feá feicthe agamsa go dtí sin. Ba ag cur sprae ar fhataí Mhuintir Loideáin a bhíomar nuair a d'inis mo Dheaide dom faoin éan sa choill taobh amuigh den chlaí. Bhí sé á cheilt féin i dtom. Éan aduain! Cé mar dhathanna áille a bhí air! Ba chosúil é le héin sna leabhair scoile ó chríocha i gcéin; ó réigiúin na hAfraice nó Mheiriceá Theas.

Dúirt mo Dheaide go mba choileach feá a bhí ann. Go raibh éin mar é ar an Achréidh, gur lena lámhach a tógadh iad. Bhí aiféaltas air nach raibh a ghunna féin aige.

"Cá bhfios duit gur coileach atá ann?" a d'fhiafraigh mé.

"A chíor!" a dúirt sé.

"Ó!" a dúirt mé.

Choinnigh an t-éan á léiriú féin agus á cheilt féin. É ag tabhairt turasanna beaga amach is isteach sa tom. Mheas mé go mb'fhéidir go ndéanfadh cloch an beart. Chuir mé mo scuaibín fraoigh isteach i mo bhuicéad sprae, leag mé uaim é sin agus d'aimsigh mé spalla. Chuimhnigh Deaide ar an tseift chéanna ach caithfidh nár mheas sé mórán de mar níor thóg sé tada ina ghlaic.

"Dhá n-aimseoinn an spalla go tréan i gceartlár na círe áille deirge dhéanfadh sé an beart go breá cheapfainn," a dúirt mé go dóchasach liom féin.

Bhí a mheaisín ar a dhroim i gcónaí ag Deaide, a sheanchóta glas air, a hata agus a bhróga *wellington.*

"An deirge ar a chloigeann ní clúmh ar bith é sin ach cíor," a dúirt sé.

"Tá's agam!" a d'fhreagair mé.

"Caithfidh gur tháinig sé anoir as an Achréidh," a dúirt sé, "gur thóg Jimí anoir é."

D'fhanamar á fhaire ar feadh i bhfad. Bhí mé ag guí go ndéanfainn a aimsiú i gceart leis an gcloch.

"Bhí againn trapa a chur," a dúirt mé.

Dúirt Deaide nach ndéanfadh trapa an chúis.

"Tuige?" a d'fhiafraíos-sa.

"Bhrisfeadh a chos ar nós cipín," a dúirt sé.

Shamhlaigh mé cipín ag briseadh.

"Nach ngabhfá abhaile i gcoinne an ghunna?" a dúirt mé.

"Bheadh sé bailithe leis," a d'fhreagair Deaide.

Nárbh áirid mar a bhí sé ag fanacht chomh fada, a smaoinigh mé. Tar éis achair dhreap mé go mall cúramach amach thar an gclaí. D'eitil an t-éan álainn leis.

B'in bliain sula ndeachaigh mé soir go dtí an

mheánscoil. Shíl mé gur thuig mé a lán faoi choiligh feá. I ndiaidh do mo chomhghasúir Ghallda a dhul sna trithi arda fúm, i ndiaidh dóibh a maslaí a dháileadh orm agus mé a bheith i mo cheap magaidh acu, smaoinigh mé arís. Smaoinigh mé ó go mba as an mbaile mór don Athair Mistéil go mb'fhéidir nach bhfaca sé coileach feá riamh. Go mb'fhéidir, ainneoin a ardléinn, nach raibh sé in ann an focal a rá i gceart. Go mb'in é an fáth é ag rá '*peasant*' in áit '*pheasant*'. Go mba dhearmad cló a bhí sa leabhar.

AN FEAR É FÉIN

Ba dhána an duine í ach thaispeánfadh seisean di an mianach a bhí ann, nárbh aon ribín réidh é. Ba theanntásach an bhean í, ba leitheadach. Ach d'fhoghlaimeodh sí. Caithfidh go bhfaca sí gur aistríodh a bláthanna. B'fhéidir an chéad uair nár thuig sí an t-údar ach níor dhuine dall í. Bhí sí dána ach ní raibh sí dall. Chaithfeadh sé go cóir léi dá gcaithfeadh sise go cóir leis.

"Roinnfear an comhar le comhar!" a dúirt sé leis féin.

Arbh osna a lig sé nó ar mhéanfach í? B'in ceist a mb'éigean dó a chur air féin go minic le gairid. B'é an réiteach eatarthu, bhí sé ráite, go raibh ar dhuine a bhéal a oscailt níos leithne i gcoinne na méanfaí, cé go raibh dóigheanna ann, ach oiread le broim, le smacht a choinneáil uirthi. Le píosa, ag brath ar an gcomhluadar, ar ndóigh, ba nós aige scód a ligean. Bhí sé sách fada ag iarraidh a bheith múinte. Le píosa, le suim bhlianta, ina aonar dó, níor thriail sé ar a bhromanna a mhúchadh. B'iontas leis go minic a thorannaí is a bhíodar. Bhíodar an-ard. Ba dheacair a chreidiúint a dtáinig de rois aeir leo. Ach níorbh aer bréan é. Dá mba dh'ea chaithfeadh sé a bheith níos cúramaí, arae d'fhan boladh bréan i bhfad agus níorbh fhios cé bhuailfeadh cnag ar a dhoras. Agus murab ionann is gnáth-theach b'fhéidir, chaithfí a scaoileadh isteach sa seomra suite.

"Gabh mo leithscéal anois ach tá mé th'éis broim a ligean!"

B'in fógra nach bhféadfaí a thabhairt do gach uile dhuine. Bhí daoine ann a mheas, ar chaoi éigin, nár shéid sagairt riamh. Shíl sé féin an rud céanna, uair, faoi mhná rialta.

B'áirid freisin é ach ba bhromannaí é, a mheas sé, ó thosaigh sé ag tabhairt scóid dá nós. B'fhéidir nárbh áirid chor ar bith é ach gur fhás an gnás le cleachtadh. Ba mhinicí ag bromadh é agus ba ghlóraí, cé nár bhréine. Mura gcluinfí iad ní bhlaisfí. Baint aige le beatha ba dhóichí. 'Tufóg' a thugaidís fadó ar bhroim bhréan.

Ba mhéanfach í, d'oscail sé a bhéal sách leathan. Chomh leathan is a d'osclódh each uisce tuirseach é. Shásaigh sin é. Arae ba mhó de chomhartha tuirse í an mhéanfach. Uaigneas croí nó anama ba ea an osna.

Cad chuige a raibh tuirse chomh minic ar na mallaibh air? É díreach i ndiaidh filleadh ó choicís laethanta saoire, ach oiread tuirse air is a bhí sula ndeachaigh sé orthu. Ba mhór an babhta é go gcaithfeadh sé fanacht go dtí an t-am seo arís. Nárbh é an trua é nár chuir sé a imeacht ar athló? Daoine eile ag coinne leis an meirbhe, le craiceann crón, agus gan roimhe féin ach fuacht is fearthainn.

A ionad féin saoire éirithe an-ghnách le blianta beaga. Gan príobháideachas ar bith aige ann níos mó. Tóir ar an teas ag gach uile dhuine agus an acmhainn sin acu ar chaoi éigin. B'olc leis an chaoi a raibh an ghramaisc in ann plódú chun a áite seisean, gach uile mhac an diabhail ag tarraingt ann.

Rinne an ghramaisc beag den áit. É ag casadh ar oiread sin daoine a raibh aithne aige orthu. B'in rud nár thaithnigh leis.

"Chuirfidís comhrá ort ach ní cheannóidís deoch dhuit!" a dúirt sé leis féin.

Iad i bhfad róchunórach. Chuireadar olc air an chaoi a raibh cúnamh ón Stát acu uilig. Iad ag bleán an Státa ainneoin neart oibre ar chúla téarmaí acu; 'gus ní íocfaidís sciúrtóg leis féin. Ní chuirfidís punt i gclúdach nó ar phláta. Ach bhíodar abartha, muis. B'in i gcónaí an dream a bhí abartha.

Tar éis ar bhailigh sé féin d'airgead le haghaidh paróistí agus le haghaidh cistí go leor níor thairg an t-easpag pingin sa bhreis riamh dó. Bhí sagairt ar liúdramáin iad níos fearr as ná é féin. Gan de bhuíochas faighte aigesean riamh as a chuid tiarála ach gur aistríodh é ó pharóiste go paróiste. An paróiste ba mhó a raibh fiacha air b'ann a cuireadh eisean. Cé go mba chuma sin dá mbeadh cnuas beag le fáil aige as. Maslaí a bhí sé a fháil, cúlchaint á déanamh faoi, luaidreáin á scaipeadh. Níor roinneadh an comhar leis; ach amháin an t-easpag ag cur cogair ina chluais go ndéanfaí sin amach anseo.

Ní bheadh sé sásta a bheith ina mhaidrín lathaí ag aon duine feasta. Mair, a eich, agus gheobhair féar! Murach a ghaois, murach a chlisteacht, murach a thíobhas, murach gur bhreathnaigh sé roimhe, murach an chaoi ar choinnigh sé stiúir ar a chaiteachas, bheadh sé beo bocht. Cé go raibh a charnán beag féin aige, i gcoinne lá na coise tinne, i ngan fhios don saol. 'Gus b'in é an t-aon chaoi le rud ar bith a bheith ag duine, é a bheith aige i ngan fhios don saol.

B'é an rud ba mhó a shásaigh é faoina laethanta saoire a laghad airgead is a chaith sé orthu. Ba lú an t-airgead a chaith sé i mbliana orthu ná bliain ar bith ainneoin a raibh d'ardú tagtha ar an gcostas maireachtála. Oiread seo buiséid le caitheamh aige ach bhí a leath aige fós le cur ina chiste beag féin.

Pingin mhaith anois aige ina chiste i ngan fhios don saol. Gach uile phingin de saothraithe go cneasta is go crua aige. Ba cheart go mbeadh tuilleadh ann, go dtabharfaí aitheantas go mba go dtí na hionaid ba shaoire a chuaigh sé, ionaid nach raibh iontu ach grian is farraige. Murab ionann is sagairt eile a raibh aithne mhaith aige orthu. Leag seisean amach oiread áirithe dá bhuiséad in aghaidh an lae agus níor bhog sé uaidh sin, ach go mb'fhéidir go gcaithfeadh sé faoina bhun. Níorbh fhios ar fhulaing sé amanna i meirbhe mhór an mheánlae, a theanga amuigh le tart, ach nach stríocfadh sé. B'éard a dhéanadh sé, cé go mbíodh súil acu le rud beag airgid ar a shon, uisce fuar a iarraidh agus a rá leo spallaí leac oighre a chur ann. Níor íoc sé cianóg rua riamh leo. Cad chuige a n-íocfadh? Níor leasc leis-sean riamh íobairt a dhéanamh. Trua, agus drochmheas, a bhí aige do na donáin nach raibh an seasamh sin iontu.

D'áiríodh sé na pingineacha a bhí sábháilte aige agus dhéanadh sé uain a chaitheamh ag cur na bpraghasanna i gcomórtas: praghasanna an ama i láthair le praghasanna an ama a caitheadh. Ba scannal mar a d'ardaigh praghasanna. Le blianta tharlaíodh sé leis ó bhaile buidéil liomanáide agus oráiste, agus b'áibhéil le rá a ndearna sé d'airgead a shábháil. Chuir ragúis cheannachta daoine eile alltacht air. Daoine fásta ag tarlú a saineire truflaise abhaile leo, iad luchtaithe go boimbéal le lofacht. Fuair lucht an dóil gach uile cheo rófhurasta.

Ba náireach an chaoi dhrabhlásach a raibh an lucht sin in ann a dhul ar saoire, maoin mar spré mhóna acu. Dá mbeadh orthu a saothrú, mar a b'éigean dósan, chuirfidís smacht níb fhearr ar a dtáirmí ceoil is ragairne. B'éigean dósan a dhéanamh: suí leis féin, scoite amach ón gcomhluadar agus ón gcathú. Ach go dtiocfadh créatúir seanbhan go dtí é á chrá lena bhfaoistíní brónacha.

"Ó, a Mhaighdean!"

Cén t-ionadh é ag méanfach?

Ba le gairid a thosaigh sé ar an méanfaíl mhór. Tógtha suas lena dhualgais a bhíodh sé ach le tamall ní raibh an spreacadh céanna ann, mar nach raibh an spreagadh céanna ann. É ag cailliúint suime sa saol ar chaoi éigin. Ar chomhartha é go raibh a shláinte ag fuasaoid? Ba chinnte nach raibh an bhíogúlacht nó an mheanma chéanna ann is a bhíodh. Ba dheacra aige éirí ar maidin. Go dtí le gairid ba ag feitheamh le héirí a bhíodh sé, ag feitheamh leis an gclapsholas a theacht ag síothlú isteach an fhuinneog, ag feitheamh go gcloisfeadh sé giolcaireacht na moch-éan. Dalladh gnóthaí le cur i gcrích aige, réiteach le déanamh aige, gan a leathdhóthain ama aige. Sa chaoi's go mbíodh air rith, rith ag an séipéal. Na geábhanna reatha sin i bhfionnuaire bhreá na maidine.

Ach d'imigh an lúth sin. Na laethanta seo, le míonna, murach dualgas an aifrinn d'fhanfadh sé sa leaba. Síormhéanfach chráite ar siúl aige. An tarraingt a bhíodh ag an aifreann air bhí sí tráite go mór. An dualgas seanmóra Dé Domhnaigh ba strácáil eile é. Cé go raibh an uair ann nuair b'álainn leis an obair úd. É ag réiteach gach uile sheanmóra go cúramach le téagar agus prae a chur inti. Chreid sé an t-am úd go mba cheart go mbeadh rud éigin fóintiúil le rá aige, go mba cheart ceacht a mhúineadh, an ceacht sin a chur abhaile le héifeacht sa chaoi is go n-éistfí go haireach leis, go gcaithfí éisteacht, go mb'fhiú éisteacht.

Dhéanadh sé ullmhúchán mór. A sheanmóirí á scríobh, á n-athscríobh, á gceartú, á snasú aige. Meafair á n-oibriú aige, rithimí cliste cainte á bhfí isteach aige, uaimeanna á gcur le chéile. Tagairtí agus athluanna as an liotúirge agus as an litríocht aige. Cleachtadh á dhéanamh aige ar a chur i láthair, ar a ghuth. É ag dul in airde ar an bpuilpid ag cleachtadh: gléas taifeadta i mbolg agus i dtóin an tséipéil aige lena ghlór a bhraith.

Cén tairbhe a rinne sé? An t-am i láthair ba dhrogall leis rud ar bith a réiteach. Ba ag cartadh trína throdán le teacht ar sheanábhar a bhí sé.

An óige! É ag ceapadh an t-am sin go n-athródh sé an domhan. Go mb'é féin an té lena dhéanamh. Go dtaispeánfadh seisean don chine daonna an bealach chun Dé.

"Ó, mhuise, mhuise!"

Rinne sé meangadh. Ba dheas leis go ndearna sé meangadh, go raibh an cumas sin ann, go ndearna sé é gan ceapadh ar bith. B'áirid siúráilte é an saol. É ina leisceoir anois. Cén toradh ar chaoi ar bith a bhí lena chuid tiarála? Céard dáiríre a bhí ag aon duine de chois ar an duine eile? An té a thóg an saol go bog nárbh é a rug an bua nuair a bhí deireadh ráite?

Ise ag cur ina leith go raibh sé bainteach le cúrsáil. Níorbh é a gnó é. Ar chaoi ar bith cé bhí ag caint? Cóta de fhionnadh an tsionnaigh ina halmóir aicise. Í ag cur ina leith go raibh sé mar uachtarán ar an gcumann.

Fonn codlata a bhí air ainneoin a ndearna sé de chodladh. A shúile ag dúnadh ar a chéile. Nárbh é an diabhal é nach raibh an bíogadh ceart ann?

Dá ngabhfadh sé amach san aer b'fhéidir go ndúiseodh sé, ach ní raibh an fonn sin air. Dá nglaofadh duine ar an nguthán air i gcoinne cluiche gailf b'fhéidir go bpreabfadh beocht éigin ann.

Bhain cloigín an dorais. Bhí súil aige nár thincéir ag iarraidh déirce é. Chuirfeadh sé an ruaig uirthi. Bhí sé creachta ag tincéirí. Iadsan ní ba shaibhre ná é féin. Ní raibh deis aigesean an dól a tharraingt nó ní raibh veain Hiace ach oiread aige. Daoine acusan ag tarraingt dóil in áiteanna go leor, liúntais leanaí freisin acu. Gach uile shórt acu.

"Dia dhuit, a Athair, an mbeadh rud beag airgid agat agus déarfaidh mé paidir dhuit!"

Déarfadh sé léi bailiú léi go tigh diabhail. Déarfadh sé léi a fear rud beag oibre a dhéanamh.

Ach ba ag lorg aifrinn a bhí sí seo. Stróic sé an clúdach litreach ina fianaise. Bhí na deich bpunt ann. Mura mbeadh shínfeadh sé ar ais chuici é. Ní léifeadh seisean aon aifreann ar fhéirín ba lú ná deich bpunt, cé go raibh daoine ann a cheap go bhfaighidís aifreann ar thada, ag ceapadh go rabhadar le moladh dá dtabharfaidís rud beag ar bith. Céard a bhfaighfí mar obair ar airgead ba lú ná deich bpunt san uair? Aifreann á lorg air sin! B'é an t-aon sólás a bhí ann nár thóg aifreann uair. Fiche nóiméad! Thug sin sásamh dó. Ní bhuailfí bob air.

Ach ní dhearna sé buíochas a ghabháil léi, ar fhaitíos go sílfeadh sí go raibh sí fial. Dá mbeadh na cúig déag ann b'in scéal eile. Na sonraí breactha síos aige, dhún sé an doras uirthi.

Céard ab fhiú deich bpunt? B'fhada duine ag saothrú míle. Céard ab fhiú an míle féin? B'é an crannchur an buachaill, ach cén seans a bhí air sin? Gan ann ach punt amú. B'fhearr uachtar reoite, cé nár thaithnigh uachtar reoite leis. Cuireadh corrthicéad mar fhéirín chuige, cé go mba luachmhaire aige an t-airgead.

Bhí súil le Dia aige go nglaofadh an guthán. Bhí táillí gailf an-daor. Ní imreodh sé ach amháin ar cuireadh. Cibé cén fáth an costas agus an cúrsa ag luí díomhaoin? Bhí ag clubanna an chléir a ligean saor.

B'é an rud ba sheafóidí go dtugtaí níos mó cuirí dó nuair nach mbíodh an uain aige chuige.

Lucht an ghailf éirithe an-ghar dóibh féin. Rómhaith dóibh a bhí sé féin. Bhí an mianach nádúrtha ann féin, bhí sé in ann iad a bhualadh ró-éasca. Iadsan ag síorchleachtadh is gan cleachtadh ar bith déanta aigesean. B'in rud nár thaithnigh leo.

"Dia dhuit!"

"Dia dhuit!"

Ní raibh duine ar bith ag labhairt.

"Cé tá ann?"

Duine corr b'fhéidir. Chuirfeadh sé síos an glacadóir.

"Halló!"

"Halló!"

"Beidh an glaoch seo daor ort!"

Arbh análú domhain é an útamáil ag ceann eile na líne? Ar chotadh a bhí ar an duine? "Halló!"

Chuir sé síos é.

An bithiúnach bitsí sin ag cur na cúrsála ina leith. Ba phost onórach é post an uachtaráin. Chuir an bháirseach casadh goile air.

Ó ba ag trácht ar ghoile é shíl sé le píosa go raibh síorthnúthán ina ghoile cé nárbh é an goile ceart é. B'fhéidir go mba strus faoi deara é nó míshonas.

Níorbh fhonn folláin é an fonn codlatach leapan seo. Níor mhiste dá mba chuid dá sheanfhoinn é: fonn teilifíse, fonn chun praghasanna a chóimheas, fonn siúlóide nó fonn oibre. Nó fonn chun sleamhnáin a laethanta saoire a athathfheiceáil. Nó fonn breathnú ar nualeabhráin nó ar nuabhileoga eolais. Nó fonn chun ceirnín ceoil a chasadh.

"Ó, a dhiabhail, an mhéanfach sin arís!"

B'éard a dhéanfadh sé ghlaofadh sé féin ar dhuine 'tábhachtach' éigin.

Chláraigh sé uimhir, ach ba ghlórtha ban a chuala sé. Níorbh é ar ag comhrá go sibhialta nó ag achrann a bhíodar. B'in é an chaoi le mná. Ach i dtobainne cuireadh síos an glacadóir.

D'fhan sé ag éisteacht leis an mbrioscarnach fholamh.

B'éard a dhéanfadh sé shiúlfadh sé suas ag an séipéal. Má bhí an cumas sin féin ann.

Chonaic sé a bláthanna ar an altóir a luaithe is a d'oscail sé an doras. B'iad na bláthanna ba thóstalaí ann. É ráite fúithi gur chóirigh sí bláthanna go maith. Go gáifeach, a déarfadh seisean.

"An striapach!" a dúirt sé.

D'ardaigh sé leis síos go bun an tséipéil iad.

'Striapach'! Ar chaoi éigin bhí blas ar an bhfocal.

"An té a ardaíonn é fhéin ísleofar é!" a dúirt sé.

"Fágfar thuas iad nuair a íocfas tú do dheachúna córa!" a dúirt sé.

Déarfadh sé lena béal é.

"Nár dhána an mhaise dhi é?"

"Dá mba striapach cheart í b'fhéidir nár mhiste!" a dúirt sé leis féin.

Ghabhfadh sé go dtí an siopa búistéara i gcoinne gríscín. Cibé cén fáth a raibh gríscíní chomh daor? Bhí an cheist sin curtha go minic aige ar na búistéirí ar fad; a bpraghasanna uilig ar eolas aige. Luach gach uile chineál gríscín ar eolas aige. Na luachanna sa bhaile curtha i gcóimheas aige leis an luachanna thar lear. Bhí déanta amach aige a raibh de ghríscíní i mbeithíoch, agus an brabach airgid a bhí búistéirí a dhéanamh. Bhí a mbrabach scannalach. Shéanadar é, ar ndóigh. Ach ní rabhadar á ramhrú féin an iomarca airsean arae bhí a mhargaíocht déanta aige leo. Ní ligfeadh an faitíos do Phaidí loiceadh air. Choinnigh sé Paidí ar a bharraicíní. Fuair sé an fheoil ab fhearr Tigh Phaidí.

"Gríscín uaineola, a Phaidí!"

É ag treorú Phaidí chuig an ngiota ab ansa leis.

"Ní gá dhuit a mheá chor ar bith, a Phaidí!"

Bheadh cupán tae aige, b'fhéidir, fad is a bheadh sé ag feitheamh leis an dinnéar. Theastódh bean aimsire uaidh ach go gcaithfeadh sé íoc aisti. Bhíodh bean aige, ach ba leor íoc as bean a theacht isteach ag glanadh uair sa tseachtain.

Bhí sagairt ann a d'ith a ndinnéar i mbialanna ach bhí sé

sin an-chaifeach; gan trácht chor ar bith ar an méid a d'íocadar as peitreal. Rothar a bhí aige féin.

Cé ar a gcasfadh sé ach uirthise. Í amuigh ag spaisteoireacht lena maidrín agus lena maide. Ba neamhspleách an spléachadh a thug sé uirthi. Dúirt sí go modhúil leis gur shíl sí go mba ar na rásaí a bheadh seisean.

"Mise?" a dúirt sé.

"Lá chomh breá leis, a Athair!" a dúirt sí.

Chroch sé in airde an mála a raibh an gríscín ann agus dúirt léi go mba ag dul ag réiteach ruainne dinnéir dó féin a bhí seisean.

Thug sé faoi deara go raibh staidéar á dhéanamh aici.

"An dtiocfá chuig an teach seo againne le ruainne a ithe?" a d'fhiafraigh sí go mánla.

Dúirt sé go dtiocfadh. Bhí sé ag cur is ag cúiteamh leis féin faoin ngríscín. B'éard a dhéanfadh sé, a dúirt sé leis féin, a thabhairt ar ais ag an mbúistéir.

AN UBH CHÁSCA

Dúirt sí go dtabharfadh sí ubh Chásca dom. B'í Treasa Ní Loideáin a dúirt é sin. Iníon le Seán, an gabha, agus b'é Peaitín Sheáin Pheadair a huncail. Bhí Treasa ag obair sa bhaile mór, áit mhór síos i bhfad an bóthar a raibh go leor siopaí ann, go leor sráideanna, go leor daoine, go leor tithe. Ba sa bhaile mór a bhí an basár nuair a bhí an basár ann. Bhí ort dul trín mbaile mór le dul soir ag na rásaí móra.

Níor rófhada ón teach seo againne go dtí teach Loideáin. Ag an gcúinne thiar den bhóthar, taobh na láimhe deise, i ngar don sráidbhaile a bhí sé. Ag cúinne thoir an bhóthair taobh na láimhe clé a bhí an teach seo againne. Nuair a sheasfá taobh amuigh den teach seo againne d'fheicfeá uait thiar teach bán na Loideán, an bhinn thoir ag breathnú aniar ort.

Ba i siopa a bhí Treasa ag obair. Bhí a deirfiúir, Peige, ag obair i siopa freisin. B'fhearr an siopa a raibh Treasa ag obair ann bhí mé ag ceapadh.

"Ubh mhór!" a dúirt sí.

Ubh ba mhó ná ubh chirce ná ubh lachan, chomh mór le hubh ghé. Bhí ubh ghé mór. Ba mhinic an ghé ag breith amuigh, gan nead ar bith aici ach an ubh a ligean uaithi ar an talamh.

"Beidh sí i mbosca, páipéar geal timpeall uirthi, clúdach ar an mbosca!"

Bosca dronuilleogach cairtpháipéir mar bhosca a mbeadh bróga ann. Fear ag oscailt an bhosca, ag cur an pháipéir siar, ag léiriú na mbróg. Ach gur ubh in áit bhróg a bheadh ann.

"Ubh sheacláide a mbeidh sicín inti!" a dúirt sí.

Ubh sheacláide! Míorúilt. Draíocht. Cén chaoi a dtiocfadh le hubh a bheith ina hubh sheacláide? Cén chaoi a dtiocfadh le sicín a bheith inti is gan cearc ar gor uirthi? Cén chaoi a dtiocfadh le cearc a bheith ar gor uirthi má bhí clúdach ar an mbosca? Ba dheacair agam ubh sheacláide a shamhlú. Sicín buí istigh inti. A clúmh buí chomh mín le síoda, goibín pinc uirthi, súile bídeacha dorcha, cosa beaga. Í ag cur scoilb ar an mblaosc lena goibín, bíogaíl bheag ar siúl aici, ag tabhairt le fios í réidh len í féin a léiriú.

Ar rothar a chuaigh Treasa síos chun a cuid oibre, Peige in éindí léi. Chuadar síos go luath. Ní ba luaithe i bhfad ná mar a chuaigh mise ag an scoil. Bhíodar imithe amanta, bhí sé ráite, sula raibh solas an lae ann. Ba mhaith liomsa sin. Soir thar an teach seo againne a chuadar, siar thar an teach seo acusan a chuaigh mise. Mé ag tabhairt canna bainne ag an teach acu. Ba cheárta a bhí acusan is ní raibh bó nó cearc acu.

Níorbh í Treasa nó Peige, ar ndóigh, ach a máthair a thógfadh an bainne. Tráthnóna Sathairn nó maidin Domhnaigh, amháin, a d'fheicfí Treasa nó Peige. Ba mhaidin Domhnaigh é nuair a gheall Treasa an ubh sheacláide dom.

"Beidh sí agam dhuit faoi Cháisc!" a dúirt sí.

Bhí cúthaileadas orm.

B'fhada liom an Cháisc. Uibheacha go leor á n-ithe Domhnach Cásca. Seastán uibhe an duine ar an mbord, ubh ann agus ubh eile ar chlár an bhoird lena ais. Bheadh ubh mhór sheacláide a mbeadh sicín buí inti i mbosca a raibh clúdach air agamsa. D'osclóinn an bosca go cúramach. Chuirfinn an clúdach de leataobh go cúramach, ligfinn siar an páipéar geal, bheadh chuile dhuine ag breathnú orm ach ní ligfinn d'aon duine acu a mhéar a leagan ar an ubh nó ar an mbosca.

Tháinig Domhnach Cásca ach níor tugadh an ubh dom an mhaidin sin. I gcaitheamh an lae sheasainn ar an mbóthar ag breathnú siar. Shonraigh mé chuile chor. Bhí diomua agus ceannfaoi orm.

Tháinig imní orm go gcaillfí an sicín mura mbeadh aer aici. D'éireodh sí lag, thitfeadh sí ar a cliathán i bhfanntais, gheobhadh sí bás san ubh. Ba gheall an ubh ansin le glogar.

Cruimheanna ag teacht chun na huibhe, iad ag ithe a súl as an sicín. Péisteacha, míolta, gearraí gabhláin, deargadaoil, d'íosfaí a coirpín beag néata as a chéile. Bheadh a clúmh mín buí mar chaonach liath. Bhí an-uaigneas orm.

Ní bhfuaireas tuairisc na huibhe sin riamh. Ní bhfuaireas tuairisc Threasa nó Pheige go ceann i bhfad ach oiread. Nuair a fuaireas an tuairisc sin b'í go rabhadar imithe go Meiriceá.

TRIPTIC

Tá an Tiarna Penwall, duine de na daoine is mó cáil i dtionscal na heachaíochta in Éirinn, lena fheilm chúig chéad acra i gCluain Mhaicín a dhíol. Deir a ghníomhaire, Mícheál Ó Braonáin, go gcuirfear an t-eastát ar an margadh idirnáisiúnta agus go bhfuiltear ag súil le dhá mhilliún punt air.

Cé go bhfuil sealúchais eile ag an Tiarna sa tír seo agus sa Bhreatain tá an-lear airgid caite aige ar Chluain Mhaicín ó tháinig sé ina seilbh tá bunáite dhá scór blianta ó shin, sa chaoi is go bhfuil sí faoi seo ar na háitribh is breátha cónaithe, eachra agus beostoic sa tír uilig.

Ar na sealúchais eile atá ag an Tiarna tá Oileán na gCorr, tá Inse na nÉan ar an tSionainn mar a bhfuil teach saoire aige, tá grianán aige i ngar d'Uachtar Ard i gConamara, agus, ar ndóigh, is leis an fheilm bhradán i gCraoslach agus na cearta iascaigh i dTamhnach na Luachra agus i Suí Con.

Cé nár cheannaigh an Tiarna Cluain Mhaicín go dtí na caogaidí ba sna ceathrachaidí a tháinig sé go hÉirinn ar dtús i ndiaidh dó caisleán agus cuid de thalamh a mhuintire i gCorn na Breataine a dhíol. Bhain sé craitheadh as na húdaráis thall an t-am sin nuair a d'fhógair sé a chúiseanna le himeacht.

"Ceilteach mé agus is mian liom maireachtáil i measc na gCeilteach!" a dúirt sé.

"Níl fuil na gCeilteach ag coipeadh i gcuislí na gCornach mar a bhíodh!" a dúirt sé.

Cé gur admhaigh sé ina dhiaidh sin go raibh athbheochan áirid dá déanamh ar an tseanteanga.

Níor dhíol sé a mhaoin uilig ina áit dúchais, ámh, arae má bhí cáil na haermaíochta féin air bhí cáil na héirime freisin air, agus d'fhill an mac ba shine leis uirthi sna seachtóidí i ndiaidh don Rialtas abhus cáin a chur ar shealúchas.

Nuair a thóg an Tiarna seilbh ar eastát Chluain Mhaicín bhí an áit go mór i bhfiacha. Bhí an talamh imithe i bhfiántas agus an teach mór ag titim as a chéile. Gan cónaí ach i gcúinne ann, an chuid eile faoi riail na bpréachán agus éin na coille.

Ach rinne an Tiarna caoi a chur air. Leag sé mórchuid de agus thóg sé mórchuid nua. Choinnigh sé air ag cur leis agus ag deasú, sa chaoi go bhfuil sé anois, mar a luadh ar ball, ar na tithe príobháideacha is mó agus is áille sa tír.

Teach trí urlár. Thar cionn i gcoinne mórchomhluadair a dteastódh súchas, sult is spórt uaidh; a dteastódh siamsa agus oirfideadh uaidh. Tá trí mhórsheomra fáiltithe ann agus cúig sheomra dhéag codlata, iad uilig leagtha amach go healaíonta ar mhodh compordach, slachtmhar, galánta.

Cé gur frámaí cruach atá sna fuinneoga cúil is den dair iad sa chuid eile den áitreabh. Díon copair atá air. Halla ar áilleacht é an halla mór chun tosaigh, ar urlár marmair bháin an t-urlár ann, é an tríocha troigh chearnach i méid. Airde dhá urlár san halla. Staighre maiseach marmair uaidh faoi dheis.

Ainneoin méid chuile cheann de na trí sheomra fáiltithe tá siad i gcothromaíocht deas i dtaca le hairdeacht agus cruth de. Achar 42' x 25' atá sa seomra suite agus tá ceithre fhuinneog mhóra ann, radharc breá ar na gairdíní ó chuile cheann acu.

An proinnsheomra agus an leabharlann amhlaidh,

fairsinge mhór iontu agus breáthacht radharcanna ar na gairdíní uathu.

Ar an gcéad urlár thuas staighre tá seacht seomra codlata *en suite*, chuile cheann acu leagtha amach ar a bhealach pearsanta féin, agus ar an urlár os a chionn sin tá ocht gcinn eile de sheomraí leapan maille le trí cinn de leithris agus de sheomraí folctha.

Is i gcúl an tí atá an chisteanach; móide seomra le haghaidh cluichí, maille le seomra beag suite.

Tá Teach Chluain Mhaicín suite ag ceann ascaille fada crainnte, i lár páirceanna móra bána, garrán coille lena ais. Ainneoin an gharráin is neadaithe i lár gairdíní atá an teach. Gairdíní blátha, gairdíní glasraí, gairdíní bláthchrainnte. Ach, i ngeall ar a shuíomh, tá radharc ón teach ar chuile shórt: ar an abhainn is ar an loch agus ar dhroimíní na bpáirceanna chomh maith leis na bláthghairdíní.

Is mar ghréasán banrach atá na páirceanna leagtha amach. Claíocha cloch nó adhmaid, nó fálta bearrtha á scaradh óna chéile.

Agus mar a luadh tá eallach chomh maith le capaill ar an bhfeilm.

Tá cróití nó stáblaí sna clóis le haghaidh céad go leith beithíoch is leathchéad capall.

Chomh maith céanna tá teachíní foirne ar an bhfeilm, agus oifigí.

Cé gur sealúchas é seo ar bhreá go leanfaí ar aghaidh leis mar fheilm ghraí agus mar fheilm bheostoic is cinnte go dtarraingeoidh Cluain Mhaicín aird ó dhaoine ar fhiontair eile a suim seachas na fiontair atá luaite. Is cinnte go dtarraingeoidh sí aird lucht gailf i ngeall ar a páirceanna móra, agus i ngeall ar a chóngaraí is atá sí don chathair agus don aerfort.

Tá an sráidbhaile aoibhinn, Áth na nDraighneán, buailte

uirthi. Bóithríní ciúine go dtí é. Is anseo atá Óstán aoibhinn Uí Fhiachra. Siúlóidí áille coille ina thimpeallsan. Baint mhór leis an tSeilg ag an óstán agus cáil mhór beatha air. Cáil mhór ar a bhéilí iarnóin agus ar a lón Domhnaigh.

Don cheannaitheoir eachtrannach, nó go deimhin don cheannaitheoir Éireannach, a mbeadh fonn sciúirde isteach amach i héileacaptar air, tá ionad tuirlingte le hais an tí.

I dtaca leis an abhainn a luadh ar ball níl sí ach siúlóid ghearr ón teach. Siúlóid chluthar choille chrainnte fáibhile is learóige. Tá bád iomartha le hinneall agus teachín báid ar an abhainn, an teachín tógtha as cloch na háite. Abhainn mhaith bhradán is bhreac í.

Sníomhann an abhainn go dtí Loch an Oileáin. Sa tseanaimsir bhíodh teachín maoir ar cheann theas an oileáin, arae bhíodh eallach is caoirigh ar féarach ann, agus tá díothú an teachín ansin i gcónaí. Ach is beag a dhéantar leis an oileán anois, cé go bhfuil caladh beag tógtha ann, cé is moite de chóisir shamhraidh a chaitheamh ann ó am go ham. Ionad tábhachtach luibheanna é, ámh, agus bíonn neadracha éan go flúirseach ar a fhuid: lachain, ealaí, riabhóga is eile. Ainneoin a n-aistear ón bhfarraige déanann geabhróga a neadracha ann chuile shéasúr. Tá coiníní agus giorriacha ann. Deirtear go bhfuil an francach dubh Gaelach ann.

Tá an draoi neadracha préacháin sa gharrán fáibhile coille le hais an tí mhóir, agus sna crainnte cluthara Cypress ar a gcúl siadsan, le hais árasán Mhaxine, tá a neadracha ag corra éisc callánacha.

* * *

Chuaigh Brian go dtí Óstán Uí Fhiachra le ruainne a ithe. Na pictiúir ar na ballaí ba phictiúir den tSeilg nó de chapaill cháiliúla iad. Bhí Arkle ansin agus Shergar. Pictiúir a dathadh ba dh'ea iad agus níor ghrianghraif. Na pictiúir den tSeilg b'éard a bhí iontu pictiúir chartúin de sheilgí fadó: cótaí dearga ar na marcaigh, hataí arda, capaill seanga lena n-eireabaill ghearrtha. Draenacha móra is claíocha crua á gcaitheamh. Capaill ag titim agus a marcaigh ag imeacht san aer thar a gcloigne.

Bhí an bháisteach ag titim. Níor bháisteach mhór í ach brádán báistí. Níorbh é an dtógfaí amach é. Níor mharcach dea-aimsire eisean ach lucht an ionaid b'fhéidir nár mhaith leo, nárbh fhiú dóibh, ar scáth an aon mharcaigh amháin, treoraí a chur amach, diallaití agus úmacha a bheith fliuch.

Chuaigh sé go dtí an teileafón agus chláraigh sé an uimhir. Chuala sé an crónán thall. Chuala sé an glacadóir á ardú.

"Halló!"

"Haidhe!"

"Ionad marcaíochta Chluain Mhaicín!"

Thug Brian suntas do ghuth spreabhsánta na hógmhná. É ag samhlú ar an bpointe dó féin an cineál ógmhná a bhí inti.

"Cé chomh cleachtaithe is atá tú?" a d'fhiafraigh sí.

"Cén airde thú?"

"Geábh uaire nó dhá uair?"

"Cén t-ainm atá ort?"

Bhí sé beagán ar bís. Beagán sceitimíní air. Thosaigh ráig mhúraíola. Múraíl nó báisteach mhór is cuma liomsa, a dúirt sé leis féin. Maxine, Maxine Nic an Easpaig, a dúirt sé leis féin.

Bhí fear féasóige le tarracóir amuigh sa chlós cúil, é ag tabhairt isteach blocanna adhmaid. Níor léir gur ghoill an bháisteach ródhona airsean. Bhí bean óg faoi hata is faoi chóta céarach i ndeas dó, buataisí marcaíochta uirthi, í ag glanadh amach stáblaí. Bhuail Brian bleid orthu.

"Tá sé ag gleáradh!" a dúirt sé.

"Nach é atá ina chlagarnach!" a d'fhreagair fear na féasóige.

"Ag cur sceana gréasaí!" a dúirt Brian.

"Tabhair rilleadh air, a mhac!" a dúirt an fear.

Dúirt an bhean le Brian é féin a fheistiú agus go mbeifí san oifig aige láithreach.

Bhí ballaí na hoifige brataithe le rósetteanna agus le grianghraif is pictiúir a bhain le marcaíocht. Bhí clóscríobhán ar bhord sa chúinne agus cathaoir fholamh lena ais. Giotaí páipéir agus clogad dubh marcaíochta ar an mbord.

Tháinig cailín deaghléasta isteach ina leith, bheannaigh sí go suáilceach dó, luaigh sí a hainm leis agus bhí a fhios aige go mb'in í í.

"Ní raibh tú ag marcaíocht anseo cheana?" ar sí.

Shín sí foirm chuige agus d'iarr air a líonadh amach.

"Aon ghaol agat le muintir Hitchmough i gCill Dara?" a d'fhiafraigh sí.

"Is díobh mé!" a d'fhreagair sé.

"Ó!" ar sí.

Ba fholt fionn gruaige, folt tiubh ar dhath na meala, go guaillí a bhí uirthi. Seaicéad deaghearrtha buídhonn agus bríste deaghearrtha ar aon dath leis.

"Fan anois go bhfeicfidh mé!" ar sí.

D'éirigh sí óna cathaoir agus choisigh sí amach sa chlós. Dhearc sí sall is abhus, a bioró ina deasóg agus í ag oibriú an chnaipe air. Choisigh sí amach níos faide. Thug Brian taithneamh dá coisíocht.

"Bhfuil a fhios agat cá'il Levena?" a ghlaoigh sí ar fhear na féasóige.

"Tá sí thíos sa mbanrach!" a d'fhreagair seisean.

Chas Maxine timpeall agus shiúil sí ar ais chuig Brian.

"Tógfad fhéin amach thú!" ar sí. "'Sé mo lá saor é ach is cuma!"

Bhí a héadan go hálainn dar le Brian, é ag déanamh iontais dá craiceann mín.

Gearrtha i bhfrainse a bhí a folt, í ag síneadh síos go dtína malaí. Malaí an-chaola. Fabhraí scuabacha aici agus iad níos duibhe ná a malaí. Bhí a súile ar áilleacht, súile glasa. Súile beomhara. Súile meallacacha.

Bhí a srón meallacach. Polláirí snasta a sróine. Agus a béal. Liopaí mós móra a béil. Liopaí dearga.

Bhí a leicne go haoibhinn. Iad ag caolú i dtreo a smige. A smig go hálainn.

"Tá mé ag cur isteach ort!" ar sé.

"Níl tú!" a dúirt sí.

Bhí siogairlí d'fháinní óna cluasa.

"Caithfead aistriú. Ní bhead i bhfad," a dúirt sí.

"Tá mé ag cur isteach ort!" a dúirt sé.

"Níl!" a dúirt sí.

Shiúil sí go crochta. Shiúil sí chomh díreach le feag. Í na cúig throigh sé horlaí ar airde. Guaillí deasa aici, droim deas, deacheathrúna agus lámha deasa.

"Tá brí ina colainn siúd!" a dúirt Brian leis féin.

"An iarrfá ar Levena an dá chapall a fheistiú lena toil?" a dúirt sí le fear na féasóige.

Nuair a shiúil sí i dtreo an tí mhóir d'éist Brian le fothram tomhaiste a bróg ar chruas an chlóis.

Nuair a d'fhill sí bhí seaicéad céarach uirthi agus bríste triúis, buataisí marcaíochta uirthi in áit bhróg. Thóg sí an clogad dubh ón mbord.

"Tá mé ag cur isteach ort ach is cuma liom!" a dúirt Brian.

Rinne sí meangadh.

"Níl sa mbáisteach ach seaimpéin!" ar sí.

* * *

B'í Lucy an capall a tugadh dó.

"*Juicy Long-legged Lucy*!" a dúirt sé go magúil.

"Bhfuil sí go maith ag léimneach?" a d'fhiafraigh sé.

Audrey, Harriet, Emily, Blondie, Tara, Ruby, a dúirt sé leis féin.

" 'Siad na caiple baineanna is fearr i gcónaí!" a dúirt sé.

"Ní hiad i gcónaí!" a d'fhreagair sise.

De bharr a cheáfraí is a bhí Lucy ní raibh sé ró-éasca aige a gad boilg a fháisceadh uirthi.

" 'Siad is ceáfraí ar chaoi ar bith!" a dúirt sé.

"Ní hiad i gcónaí!" a d'fhreagair sise.

Suas tríd an gcoill leo. A cosáin lán puitigh. Puiteach bog scaoilte. Púscadh ar phúscadh ar phúscadh. A loirg á líonadh le huisce.

"Is cuma liomsa an puiteach! Is breá liom torann an phúsctha!" a dúirt sé.

"Is cuma liomsa an bháisteach!" a dúirt sise.

"Is breá liomsa an bháisteach!" a dúirt seisean.

"Gan inti ach seaimpéin, mar a dúirt mé cheana!" a dúirt sí.

"Go mbeannaí Dia dhuit, a sheaimpéin!" a dúirt seisean, ag ardú a éadain go dtí í.

Maxine is a capall amuigh roimhe, iad ag coisíocht leo go fuinniúil. Ba mhór an spórt iad. Ba mhór an spórt a chapall féin freisin. Lucy! A cloigeann á oibriú go díograiseach aici.

"Cén t-ainm atá ar an gcapall seo agatsa?" a d'fhiafraigh sé de Mhaxine.

"Anraí," a dúirt sí.

"Tá súil agam nach Anraí VIII é!" a dúirt seisean.

Níorbh fhada go rabhadar amuigh ar an réiteach.

"Tá roinnt léime uait?" a dúirt Maxine leis.

Bhí léimeanna ar a n-aghaidh.

"Seo leat, más ea!" a dúirt sí.

Ghríosaigh Maxine a stail chun reatha agus rinne Brian an rud céanna lena láir. Ar aghaidh leo, duine i ndiaidh an duine eile. Bhí stoc ramhar crainn ina luí ar a chliathán agus chaitheadar é.

Ar aghaidh leo le ceannfhearann na páirce. Stoic ramhra eile anseo is ansiúd le fad an cheannfhearainn.

Síos ceannfhearann eile leo. Cúig cinn de léimeanna anseo. Ansin chaitheadar ón taobh eile ar ais iad.

Mhoillíodar chun siúil.

"Bhí an t-aicsean sin go deas!" a dúirt Brian.

Bhí an ghal ag éirí as na capaill. Scaoil Maxine a srian go dtí nach raibh aici ach leathlámh air, a lasc mharcaíochta sa leathláimh eile. Leathlámh na laisce leagtha ar chnámh a cromáin aici.

Mhaígh meangadh ar a héadan.

"Is breá liom an bháisteach!" a dúirt sí.

"Is breá liomsa an t-aicsean buile seo!" a dúirt Brian.

"Caithfidh tú an áit seo a cheannach!" a dúirt sé.

"Is tusa anois is cóir é a cheannach!" a d'fhreagair Maxine.

"Dheamhan a n-éireoinn tuirseach den obair seo go brách!" a dúirt sí.

"Tá fairsinge áite anseo agaibh pé ar bith é!" a dúirt seisean.

"Áit álainn í!" a dúirt sí.

"Ainm neamhchoitianta é 'Levena'!" a dúirt sé.

"Tá 'Rocola' againn freisin!" a dúirt sí.

"D'aireofá an áit seo uait?" a dúirt sé.

"Ó, stop!" a dúirt sí.

"Ach seo í do dheis-sa anois!" a dúirt sí.

Bhí gaidhrín bán amach an bóthar go dtí iad. É ag lúbphrinceam ag teacht i ndeas dóibh. Meidhirlúba agus castaí gliondair. Chrom Maxine síos, rug de leathláimh air agus chroch in airde ar thosach a diallaite é.

"Tá mé ag obair anseo le deich mbliana!" a dúirt sí.

Thosaigh sí ag comhrá go ceanúil leis an ngaidhrín. Nó go dtángadar ar bhéal cosáin eile coille, cosán gainimh a raibh maide miotail ag síneadh ó ghallán go gallán ina chuaille trasna air.

"Síos leatsa anois, a mhic ó!" a dúirt sí leis an ngaidhrín, agus dúirt sí le Brian go gcaithfidís an cuaille. Chaitheadar agus leanadar orthu, sláimíní gainimh á dteilgean siar ó chruifí, an gaidhrín bán ag rith ar a dhícheall ina ndiaidh.

Bhí crainnte móra fáibhile, móide an chorrsceach chuilinn luchtaithe le caora dearga, le fad an chosáin, an corréan feá ar foscadh fúthu.

Paistí den choill arbh fháschrainnte amháin iad.

Gleanntáin agus plásóga anseo is ansiúd. Garrán de chrainnte eoclaipe; chuile chrann acu mar gharda.

An spéir ag athrú dathanna. Paistí gorma á léiriú féin inti.

Chasadar isteach i measc na gcrainnte mar a raibh ocht gcinn de léimeanna i ndiaidh a chéile.

Le ciumhais na coille léimeadar in airde ar sconsa cré agus síos amach an taobh eile, amach ar bhóthar. Choisíodar leo abhaile.

Bhí fear na féasóige amuigh i gcónaí lena tharracóir.

Rinneadar a n-úmacha a bhaint dá gcapaill agus chuireadar na capaill ina stáblaí, brait orthu. D'aistrigh Brian a fheisteas. Bhí cuireadh ag an óstán, i gcoinne dí, tugtha aige do Mhaxine.

AN PINCÍN

Tráthnóna Domhnaigh a bhí ann agus bhí Pádraic is a thriúr deartháireacha ag bualadh peile sa chorrach thoir; beirt in aghaidh beirte. Bhí go maith is ní raibh go holc nó gur scóráil Liam cúl. Dúirt Pádraic agus d'áitigh sé gur bhris Liam na rialacha agus nár chúl chor ar bith a bhí ann. D'eascair scliúchas fisiciúil as an argóint, mhaslaigh daoine a chéile, dúirt Pádraic go dtabharfadh sé leis a liathróid nua, agus thug. Fágadh an pháirc le screada, le spochadh is le fearg.

"Maistín!"

"Ceolán!"

"Éirígí as!"

D'fhiafraigh Pádraic dá pháirtnéir féin, Máirtín, an dtiocfadh sé leis ag an sliabh ag taomadh. Dúirt Máirtín go dtiocfadh arae níorbh é céard eile a dhéanfadh sé. Dúirt Liam agus Tadhg go ngabhfaidís féin ag iascach. Shíl Pádraic ansin go mb'amhlaidh a bhí an bheirt eile ag iarraidh breith ar bhric ba mhó ná é féin. Ach ní thabharfadh sé de shásamh dóibh go ndéanfadh sé a intinn a athrú. Pé ar bith é, b'fhéidir, le cúnamh Dé, nach mbéarfadh siadsan ar bhreac ar bith. Bhí seans an-mhaith go mbéarfadh sé féin ar cheann ar a laghad ar bith.

Thugadar leo spáid agus buicéad agus bhuail siad leo. Ar aon nós ba ghiorra a n-aistear féin, ba mhó go mór an méid stócála a chaithfeadh an bheirt eile a dhéanamh dul ag baint péisteacha, ag fáil corcaí, ag réiteach doruithe, duán is eile. Bheidís féin ag obair sula bhfágfadh siadsan baile chor ar bith.

Ach ní mar shíltear bítear go minic. D'éirigh Máirtín cantalach ar an mbealach agus dúirt sé go mb'fhearr leis an t-iascach. I dtosach shíl Pádraic é a mhealladh ach nuair a lean Máirtín air ag banrán dúirt Pádraic leis bailiú leis i tigh diabhail.

"Níl sa taomadh ach obair leibideach ar aon chaoi!" a dúirt Máirtín.

"Oibrí chomh breá leatsa!" a dúirt Pádraic.

"Cé tá ag caint?" a dúirt Máirtín.

"Ní raibh ionat riamh ach liúdramán!" a dúirt Pádraic.

Bhíodar mar seo ina seasamh i lár an bhóithrín bhig. Cuisle fhéir i lár an bhóithrín. Conaire ghainimh ar chaon taobh den chuisle.

"Ní ghabhfadsa coisméig eile leat!" a dúirt Máirtín.

"Ná gabh, maith an fear!" a dúirt Pádraic go searbhasach.

An buicéad a bhí ina láimh aige theilg Máirtín é dtí diabhal isteach thar sconsa san aiteann agus chuir sé roimhe de rúid reatha abhaile óir de lasair bhrúcht racht ollmhór feirge i gcroí Phádraic agus de sciotán chuardaigh sé cloch lena caitheamh de mhaoil a mhainge lena dheartháir. Nuair a bhí seisean slán sábháilte as réim na cloiche sheas sé arís agus thosaigh ag caitheamh rois easmailtí lena dheartháir ba shine. Bhí sé ag briseadh a chroí, mar ó dhea, ag gáire faoi, ag magadh is ag fonóid.

"Há, Há, Há!" a dúirt sé.

Bhí Pádraic dul a rá, há, há, há, ar ais leis ach níor dhúirt. Níor dhúirt sé ach go mbéarfadh sé arís air. B'é ba mhó a bhí ag cur múisiam air go gcaithfeadh sé a dhul ag cuardach an bhuicéid. B'in masla. Ba obair anróiteach a bheadh sa chuardach óir bhí an t-aiteann an-tiubh agus bhí go leor driseacha ann.

"An crochadóir!" a dúirt sé faoi Mháirtín, a bhí i bhfad

síos an bóithrín faoi seo agus é ag siúl leis ar a shuaimhneas.

D'aimsigh Pádraic an buicéad. Bhí leathshaothar cheana air ón meirbheadas. Bhí a dhúil ina chuspóir ag imeacht i léig, ach dheamhan an bhféadfadh sé géilleadh. Bhí súil le Dia aige nach mbéarfadh an dream eile ar thada. Bhéarfadh sé féin fós ar Mháirtín.

Shiúil sé leis. Bhí an spota go barainneach ar eolas aige agus bhí a fhios aige bricín a bheith ann cinnte. B'in faoiseamh mór ar aon chaoi. Ba mhór an stró é dá mbeadh air poill a chuardach. Dá mbeadh b'fhéidir go n-éireodh sé as an tóir ar fad. Murach an troid agus an tsáraíocht ba róchuma. I ngeall uirthi, ach go háirid i ngeall ar an aighneas a bhí aige le Máirtín, chaithfeadh sé gaisce a dhéanamh. Sa chás a raibh sé ann ba ar éigean a mba leor bricín amháin.

An poll a bhí roghnaithe aige ba ar an teorainn idir a sliabh féin é agus sliabh Mhicil Dhuibh. Ba chirte a rá gur faoin teorainn a bhí sé arae bhí claí beag teorann os a chionn. Agus bhí rud eile ann ba mheasa ná an claí agus b'in an sreangán aonair de théad dhealgach a bhí curtha go nuaí os cionn an chlaí. Cibé cé a chuir ann í? Ba ar thaobh Mhicil den teorainn a chaithfí an sruthán a stopadh. Ba ar a thalamhsan a chaithfí na scraitheanna fóid a bhaint. Níor dhóigh go mba cheataí sin air. Ba dhóigh go mba chuma leis-sean faoin mbricín. Cibé cén fáth ar cuireadh an téad dhealgach in airde? Bhí teach Mhicil sách cóngarach. B'é ba dhóichí freisin go mbeadh sé ag siúl sa sliabh ag breathnú ar bheithígh. Cad chuige ar ghoid sé a chrann cuilinn faoi Nollaig? Níor dheas an beart é dáiríre nuair nár ghá dó ach a iarraidh. Ach go gcuirfeadh sin comaoin air. Ach dá mbeadh sé lena dhéanamh arís b'é a iarraidh a dhéanfadh sé.

Chuaigh sé ar a ghlúine ar a dtaobh féin den bhruach agus bhreathnaigh sé isteach san uisce. Ainneoin na dea-aimsire bhí go leor uisce ann. Ghrinnigh sé an poll go géar ach ní fhaca sé an bricín. Níorbh aon droch-chomhartha é sin, ámh. Sháigh sé géigín roilleoige san uisce isteach faoin gcloch agus b'iúd amach an buachaillín: ruathar tobann snámha, agus ar ais arís. Bhreathnaigh Pádraic isteach thar an gclaí.

"Seo leat anois, a fhleascaigh!" a dúirt sé leis féin.

Bhain sé a gheansaí de.

"Tosaigh leat go beo anois, a chladhaire!" a dúirt sé, ag dreapadh isteach i ngabháltas Mhicil.

Bhain sé scraitheanna ar a dhícheall, á gcarnadh ina chéile go mbeadh sé faoi réir lena gcur ag obair sa sruth; súil aige ar feadh an achair nach mbuailfeadh lann na spáide cloch le nach dtarraingeofaí aird Mhicil.

"Seo leat anois, a fhleascaigh!" a dúirt sé arís leis féin ag breith greama ar an gcéad scraith agus á cur go faichilleach sa sruthán. Rinne sé amhlaidh le bulc eile scraitheanna, á gcur anuas ar a chéile agus á ndaingniú go dlúth ina chéile le chuile dheoir uisce a stopadh dá mb'fhéidir é. Bheadh an fuílleach scraitheanna ag teastáil ar ball b'fhéidir.

Léim sé anonn thar chlaí agus rug ar an mbuicéad. Thaom sé ar a bhionda: ag caitheamh an uisce suas ar bhruach agus ag cinntiú nach silfeadh sé isteach arís. Agus b'éigean dó breathnú i ndiaidh gach uisce ar fhaitíos an breac a bheith ann. Cé nár mhóide go mbeadh nó go mbeadh an poll taosctha go maith, mura mbeadh an dara breac nó an triú ceann féin ann. Go dtuga Dia go mbeadh.

B'éigean dó súil a choinneáil ar an damba freisin.

Mar chrann eile anuas air bhí Micil i leith aige. Chaithfeadh sé a bheith ní ba chineálta inniu le Micil ná laethanta eile. Laethanta eile d'fhéadfadh sé coinneáil air ag obair agus gan ach freagraí beaga a thabhairt nó go n-imeodh sé leis arís, ach an t-am seo chaithfeadh sé rudaí cearta a rá. Scoit leat, a Mhicil, a chodaí, a dúirt sé leis féin.

"Bail ó Dhia ar an obair!"

"Go mba hé dhuit, a Mhicil!"

"Tá ceann ann siúráilte!" a dúirt Micil ag dul ar a ghogaide.

"Sílim go bhfuil ceart go leor!" a dúirt Pádraic.

"Bím laethanta ag breathnú air siar is aniar!" a dúirt Micil.

"Mar sin é?" a dúirt Pádraic.

"An n-íosfaidh tú é?" a dúirt Micil.

"'Séard a dhéanfas mé leis é a chur sa tobar," a dúirt Pádraic.

"Bhoil, nach aisteach an rud é ach go mb'iomaí uair mé ag cuimhniú ar an rud céanna a dhéanamh mé fhéin!" a dúirt Micil.

Cuir thú féin anois sa tobar, maith an fear, a dúirt Pádraic ina intinn.

"Nach breá an boladh portaigh atá as an áit a bhain tú?" a dúirt Micil.

"Nach breá anois?" a dúirt Pádraic.

"Boladh mismín is roilleoige is pónairí!" a dúirt Micil.

"Chuile chineál bolaidh!" a dúirt Pádraic.

"Déarfainn gur i ngeall ar an lá é?" a dúirt Micil.

Thug Pádraic faoi deara go raibh uisce an tsrutháin béal ar bhéal le huachtar na scraitheanna, agus go raibh sileadh maith uisce tríothu chomh maith. Bheadh an t-ádh air mura gcuirfeadh neart an tsrutha na scraitheanna chun bealaigh ag milleadh a raibh d'obair déanta aige.

"Caithfead caoi a chur air sin," a dúirt sé ag trasnú an chlaí.

"Fágfadsa agat é," a dúirt Micil.

Rug Pádraic ar scraith lena dhún a chosaint ach b'amhlaidh a thit an dún as a chéile a luaithe is a theangmhaigh sé leis, na scraitheanna á scuabadh chun siúil in aon bhrúisc mhór amháin.

Bhí an scrios déanta. Bhí an áit ar fad ina chis ar easair.

"Léan air!" a dúirt Pádraic.

An sruthán ar fad ina lodar.

"Calar air!"

An mbeadh an bricín fuadaithe freisin leis an tuile? Rug sé ar scraitheanna acu agus tharraing amach ar an ionlach iad.

Céard ab fhiú é? A mb'fhiú tosú ag taomadh an athuair? Bhí éad air seachas riamh leo seo a bhí in ann a lámha a chur san uisce agus bricíní a mhealladh isteach ina nglaic, a nglaic a shnapadh mar ghaiste.

Thráigh an tuile go tapaidh agus, cé go raibh sé smeartha ag draoib agus ag fliucháin, chinn sé ar thabhairt faoi aon mhóriarracht amháin eile. Chinn sé ar a dhul san uisce ina chosa boinn, osáin a bhríste a fhilleadh suas, óir bhí a wellingtain ag ligean tríothu. Chuir sé na scraitheanna go dlúth i bhfeac agus thug sé go bríomhar faoin taomadh. Ba shaothar crua é.

Ach b'fhiú é faoi dheireadh nuair a chonaic sé an bricín ag tuairt is ag únfairt ar an ionlach. Bricín álainn, é ag cur na gcor as. Tabhair spotaí orthu! Bolg buí air. É ag alpadh i gcoinne anála. Leag sé ar a dhearnain é ach gur léim sé uaithi. Chaithfeadh sé é a chur i locháinín le nach gcríonfadh sé.

Ní raibh aon bhricín eile sa pholl. Dheamhan a mbacfadh sé le haon pholl eile. Chuirfeadh sé na scraitheanna ar ais mar a bhfuair sé iad agus bhuailfeadh sé leis abhaile.

Ba mhaith leis an bricín a choinneáil beo nó go sroisfeadh sé baile ach bhainfeadh anró mór leis sin; chaithfeadh sé uisce a choinneáil sa bhuicéad. Bhí sé róthugtha, bhí sé róthraochta. Ní fhágfadh sé d'uisce ann ach dóthain lena choinneáil úr. Dá gcríonfadh sé chaillfeadh sé a dhathanna agus ní bheadh tarraingt ar bith ann. D'osclódh a bhéal freisin, chomh mór leathan sin is go mba mhó a chloigeann ná a cholainn; á chur as riocht ar fad. Ba den riachtanas a bhéal a choinneáil dúnta.

Nuair a shrois Pádraic baile, an buicéad agus an spáid ionann's ag titim le tuirse as a lámha, ní raibh duine ar bith ina araicis. Níorbh é go raibh súil aige le mórfháilte ach bhí súil aige le suim éigin. Bhí a Dheaide imithe leis an madra ag Baile Coirce ag breathnú ar na beithígh, bhí a dheirfiúracha imithe ag spaisteoireacht síos an bóthar. Ba ar éigean a raibh beochan ar bith tine ar an teallach. D'airigh an teach fuar. Ní raibh sa bhaile ach a Mhama agus í sin sínte ar an leaba.

"An ngléasfá an bricín seo dhom?" a d'iarr sé uirthi mós cancrach.

Bhí lagar ocrais air.

"Déan thú fhéin anois é, tá mise tinn," a dúirt sí go giorraisc.

"Tá tuirse ormsa!" a dúirt sé ní ba dhrisíní.

Ba thinn a bhí sí i gcónaí. Bhí fonn air teann ámhailleachta an bricín a chaitheamh ag an gcat a bhí ina luí cois teallaigh nuair a tháinig sé féin isteach ach a phreab agus a bhí anois faoin mbord.

Shuigh Pádraic faoi. Bhí cumha aisteach air. B'iontach chomh dólásach is a bhraith sé.

Dúirt sé leis féin go raibh sé chomh maith aige an bricín a fheistiú. Cibé cá raibh sé? Cibé cár leag sé uaidh é? Ní raibh fáil ar bith air.

IN EARR A SHAOIL

Seangánach an t-ainm atá ar an mbaile seo. Ó thuaidh uaim tá Gort na gCeapóg, tá Droma Beag, tá Pollach, tá Leitir Uisce, tá Aill na gCat. Ó dheas tá Drománach, tá Seanadh Coillteáin, tá Seanadh Cuileatan, tá Crománach. Tá neart bailte eile thart: Sliogairne, Na Fuideachaí, Log an Tairbh, Lisín na gCaorán, Simléirín, Cluain na Sí, Buaile na Sruthán, Coill na nGrágán, Gleann na Cruaiche.

Tamhnacha na bailte seo ar fad sa dúiche fhairsing shléibhe seo. Gan de thalamh bhán anseo ach a bhfuil di ar na dromaí le hais na dtithe. Tháinig na daoine aimsir an drochshaoil agus réitíodar an talamh. Sliabh geal a thugtar ar an talamh réitithe seo.

Mar a fheiceann tú breaclacha cuid mhór den dúiche seo. Eascaí, eanaigh, moingeanna agus portaigh. Scraitheanna glogair, caochphoill agus gaothóga. Dearglaoch ag fás inti, seisceann, cíb, ceannbhán agus roilleoga.

Sléibhteánach mise a bhfuil a shaol, cé is moite de dhorn blianta, caite aige sna bólaí seo. Níl anois in éindí liom ach mo dheirfiúr, Nóra.

Tá cur amach agam ar an dúiche seo go léir. Tá aithne agam ar chuile dhuine inti. Ní mórán den dream óg atá anseo, agus ní mórán den seandream inti is sine anois ná mé féin.

Tá chuile mhóinteán sa dúiche seo siúlta agam. Tá a fhios agam a thréith. Tá a fhios agam chuile easca is eanach. Tá a fhios agam chuile eagúil. Tá a fhios agam an logán is fearr tuí, is fearr luachair, is fearr easair. Tá a fhios agam cá bhfaighidh duine raithneacha.

Is breá liom an t-am seo bliana nuair atá chuile shórt faoi bhláth. Tá an chíb ghlas tagtha in áit an fhiontarnaigh, tá an fraoch faoi bhláth arís. Ní maith liom an seargadh rua. Sa gheimhreadh bíonn ar dhuine fanacht róghar don iothlainn. Is é an corrstrainséir fánach a thagann thart anseo sa gheimhreadh.

Is minic an bóithrín seo sceite faoi uisce, ach nach measa rud ar bith ná an sneachta.

Cé nach oiread sin sneachta a fhaightear thart anseo, míle buíochas le Dia, brat breac mura gcuirfeadh sé scráib mhór corruair. Dheamhan dochar atá ann má tá duine réitithe lena aghaidh. Is maith liomsa an sneachta agus is maith liom an sioc óir feictear dom go bhfuil sé séasúrach agus go nglanann sé an t-aer. Bliain ar bith nach dtagann sioc feictear domsa go dtagann neart aicídí ar ainmhithe chomh maith le daoine.

Tá sioc sláintiúil. Is minic a chonaic mé na lochanna ansin reoite, clár leac oighre anuas ar chraiceann orthu. Nach aisteach an rud é nach ndéanann sé damáiste ar bith do na bric? Níor chuala mé riamh gur mharaigh sé breac. Bhíodh muid ag sleamhnú ar na lochanna fadó, bhíodh muid ag briseadh an leac oighre, agus ba í a bhí deacair a bhriseadh. Bhíodh muid ag cur na ngiotaí leac oighre ag sciorradh amach chomh fada in Éirinn is a d'fhéadfadh muid agus ba é an spóirt é. Ansin maidin arna mhárach bheadh na giotaí sin reoite ina chéile arís.

Tá aimsir sheaca contúirteach don seanduine. Bróga tairní a chaitheas sé a chaitheamh. Tá na wellingtain sin an-chontúirteach.

Bíonn muid cuibhrithe go maith anseo sa gheimhreadh, níl baol ar bith nach mbíonn, tá an áit seo lom rite. Caitear fanacht sách gar don teach. D'fheicfeá uait muintir Ghort na gCeapóg, chloisfeá ag fógairt ar bheithígh iad agus ag dul amach sna garranta ach ní fheicfeá ar an sliabh iad. Níl údar amach ar an sliabh mar go gcoinnítear na caoirigh agus na beithígh i ngar don teach. Mura mbeadh fonn amach ar dhuine, a dhul leis ag siúl roimhe, agus bíonn an fonn sin ar an bhfear sléibhe.

Bíonn an fonn sin orm féin: a dhul ag siúl romham, b'fhéidir, go dtí barr an chnoic, agus éisteacht le fuaimeanna an chriathraigh.

Cuirfidh tú romhat ag déanamh scrúdaithe ar chlaiseanna, ar lagphortaigh nó ar bhruach portaigh a bheas le baint. B'fhéidir go bhfeicfidh tú sionnach nó giorria nó éan éigin. Is maith leis an bhfear sléibhe é sin. Tá sin ina chuid fola aige. Bíonn sé ag cur is ag cúiteamh dó féin faoin athbhliain. Bíonn sé ag caint leis féin faoi dhraenacha.

Tá, tá beagán caorach agus beithíoch agam. Tá an cró caorach is deise dá bhfaca tú riamh agam, sa bhfoscadh taobh thoir den teach. Ní aithneofá nach cuid den talamh é. Postaí ina seasamh agam ann, tuí, luachair agus fraoch ar a chloigeann. Cuirim beagán caoi air chuile bhliain. Ní mórán caoi a bhíonn uaidh mar tá an áit seascair. Tá an dá dhoras ar a aghaidh. É chomh compóirteach is go bhféadfá féin cónaí ann, agus is minic a chaithim píosa aimsire i mo shuí ar mo shuaimhneas istigh ann, ag breathnú uaim ar an gcriathrach nó ar an mbáisteach ag titim; agus is é an dá mhar a chéile é, é ina dhíle nó ina bhrádán dheamhan a gcloisfeá tada. Feadaíl bheag chodlatach ón ngaoth b'fhéidir. Púiríní doirse atá ann le nach féidir leis na beithígh a dhul ann, cé go ngabhann laonna gamhna ann scaití. Aimsir bhreithe is féidir spiara beag a chur trasna ann agus na huain a dhealú ón gcuid eile.

Is beag a bhíonn le déanamh sa gheimhreadh ach an iothlainn a choinneáil glan, a choinneáil scuabtha; agus níl's a dtagann de phuiteach is de shalachar isteach uirthi, ag beithígh, caoirigh, lachain is eile. Isteach ar do bhróga féin mura mbeadh ann ach go dtabharfá sciúird bheag amach, nó ar chosa na madraí. Tagann sé isteach ar an ngaoth féin.

Sin anois an obair a bhíonn ormsa sa gheimhreadh agus glaicíní fataí a thabhairt isteach agus móin don tine. Ní bhíonn Nóra bhocht ar fónamh go minic.

Coinníonn sé duine ag imeacht. M'anam go n-airímse nach mbíonn nóiméad saor sa ló agam agus gan tada déanta agam ina dhiaidh sin, ach nach in é an saol? Céard atá le déanamh ach a choinneáil ag imeacht?

Bím ag tnúthán leis an earrach. Go bhfeicfidh mé rudaí ag goineachan. Bím ag breathnú ar na bachlóga. Bíonn borradh beag glaise ann go luath. Fásann na nóiníní agus na caisearbháin an-luath.

Ó fhágas tú an Nollaig i do dhiaidh feictear domsa go mbíonn chuile shórt ag athrú. An solas féin feictear dom gur gile é ó thosach na hathbhliana; fad bheag ag teacht ar an lá. Ó lá Nollag Móire go lá Nollag Bige deirtear go mbíonn fad coiscéim coiligh inti. Fad gabhailín brosna go luath ina dhiaidh sin. Níl am ar bith is uaigní anseo ná an tSamhain. Bíonn mí Dheireadh Fómhair féin sách dona. Ach ó fhágas tú an Nollaig i do dhiaidh tá tú ag súil arís, ag cuimhneamh arís ar na cuairteoirí, an corrchuairteoir a thagann thart anseo.

Deireadh an tsamhraidh éiríonn tú uaigneach nuair a fheiceann tú ag imeacht iad, iad ag tabhairt a gcúl ort agus gan a fhios agat a bhfeicfidh tú nó a labhróidh tú leo arís go brách.

Is deas iad na bláthanna, a mh'anam, na caisearbháin, mar a dúirt mé, lusanna na gcnapán, an t-aiteann ar an gcnoc. Bíonn oiread sin de bhuí óg an earraigh i do thimpeall de phreab. Is cuma leat faoi ghleadhradh is faoi thuilte nuair atá an dóchas i do chroí. Bíonn tú ag cuimhneamh arís ar phíosaí a chur. Céard a chuirfeas tú, cén áit, cé mhéad?

Cé nach mórán a chuirtear sna bailte seo anois. Cúpla iomaire fataí agus beagán cabáiste. Cé nach mbacann mórán leis an méid sin féin. Ní bhacann an dream óg leis. B'fhearr leo a gceannach sa siopa agus is deacair aon mhilleán a chur orthu. Níl maireachtáil ar bith ar na bailte seo anois mura bhfuil post eile agat. Gan an post sa bhaile mór tá tú ar an dól.

Is fearr i bhfad an fata a fhástar sa talamh thirim ná anseo. Tá's ag an lá ach nach bhfuil a fhios agamsa cén chaoi ar mhair na daoine sna bólaí seo chor ar bith fadó, agus mhaireadar go maith; bhí sláinte agus saol acu; bhí daoine thart anseo a mhair nó go rabhadar an-sean. Cibé cén chaoi é agus b'í an sclábhaíocht a bhí acu. Rinneadar poitín. Diabhal a fhios agam nárbh é an poitín a choinnigh ina mbeatha iad! Ach nár óladar féin é!

B'in é an t-am a raibh an dúiche seo ina shea, an baile seo agus chuile bhaile eile, cé nach raibh oiread is bóithrín go dtí iad ach cosáin chriathraigh. Is cuimhneach liomsa iad nuair a tógadh na bóithríní. Is é an bóithrín isteach anseo an ceann is deireanaí a tógadh, cé is moite de bhóithrín Sheanadh Coillteáin a tógadh thart faoin am céanna. Ar ndóigh, níl bóithrín ar bith chuig Seanadh Cuileatan ansin thiar nó ní móide go mbeidh. Gan thiar ansin anois ach an t-aon chomhluadar. M'anam nach bhfuil a fhios agamsa céard a dhéanfadh muide anseo anois gan bhóthar. Fíordhrochthalamh atá i Seanadh Cuileatan. Ó, go bhfóire Dia orainn! Agus céard déarfá ach go bhfuil seanbhean ina cónaí ann, lena beirt mhac. Déarfainn nach raibh sí amuigh as le cúig bliana dhéag. Ach go ngabhann an sagart isteach chuici.

Bhí muintir na mbailte seo an-mhór le chéile sa tseanaimsir. Bhí orthu. Bhíodh orthu ar fad an sliabh a shiúl. Ag iompar earraí ar a ndroim, málaí caiscín agus málaí eornan i gcoinne poitín, agus gabháil. Tarraingt ag an-chuid daoine ar na bailte seo an t-am údaí. Iascairí agus foghlaeirí. Is é an t-iascaire nó an foghlaeir sé nó seachráin a bhíonn anseo anois. Cibé cén fáth níl méid ar bith sna bric sna lochanna sin anois.

M'anam, muise, go mbíodh dalladh poitín á stiléireacht san áit seo fadó. Ag Dainín Dan. Deirtí, siúráilte, faoi Dainín go ndearna sé braon maith. B'é an rí é! Bhí a cheárta féin aige le haghaidh a uirnéisí féin, agus dhéanadh sé le haghaidh daoine eile freisin iad: dabhcha, bairillí, péisteacha, agus pé ní a bhí uathu.

Cheannaigh dream aisteach éigin an teach is an cheárta nuair a cailleadh é agus chasadar an cheárta isteach ina chineál séipéil. Thagaidís, dreamanna beaga acu, agus chaithidís tréimhsí beaga ama anseo agus bhídís thíos ar chladaí Loch an Ghabhair ina suí ar na carraigreacha ag guí is ag adhradh Dé. Bhíodar aisteach sa chloigeann cé nach raibh aon dochar iontu agus bhí fear i gceannas orthu nach ligfeadh dóibh tada as bealach a dhéanamh. Théidís a chodladh an-luath agus d'éirídís an-luath, agus ní dhéanfaidís aon cheo seachas paidreáil. Ach déarfainn gur airíodar an áit ró-uaigneach. Tá an áit tite ina chríonach anois.

Tá aois anois agam. Tá mé os cionn na ceithre scór bliain. Is í an tseanbhean i Seanadh Cuileatan amháin sna bólaí seo is sine anois ná mé; cé go bhfuil deirfiúr i Meiriceá agam is sine ná mé. Chaith mé féin seal i Meiriceá.

Bím a dhéanamh inniu mar a rinne mé i gcónaí, ach nach ndéanaim oiread céanna di. Tá mé anseo ar an bportach, i mo shuí ar thulán tirim, an chíb ghlas i mo thimpeall, an fraoch, bláthanna an phortaigh is an chriathraigh, an ghrian ag scalladh. Tá mo chaipín orm, tá mo phíopa i mo bhéal, tá mo sheaicéad orm, tá mé ag faire uaim. Cnoic, cruacha, beanna, lochanna, eanaigh. Feicim an dúiche seo gach lá agus dheamhan a n-éireoinn tuirseach go brách di.

Is mó mo ghrá ar an dúiche seo anois ná riamh. Feicim scamaill na spéire agus feicim na scamaill chéanna in uisce na lochanna. Feicim cladaí na lochanna agus feicim carraigreacha na gcladaí. Tá fuiseog ag cantain cheoil go hard os mo chionn. Gabhann a ceol i bhfeidhm orm. Gabhann éin eile tharam. Cloisim iad, cloisim a mbíogaíl is a n-éamha. Tá mé ag cur amach móna. Spairteach dáiríre atá mé a chur amach, tá sí ar an mbruach ó anuraidh ach gur baineadh as a hucht í. Is fearr an mhóin a bhaintear as a hucht ná síos mar gabhann sí de réir snáithe agus ní dhéantar oiread damáiste di má fhágtar achar ar an ionlach féin í. Tá sí i ndumhcháin agam agus níl a dhath uirthi, ach í chomh crua tirim is a bheas barr na bliana seo.

Tá mé breá sásta. Tá neart comhluadair agam. Tá madra agam agus tá an t-asal agam ar féidir liom labhairt leo. Tá éanacha an aeir agam agus tá an dúlra agam. Tagaim síos anseo sách deireanach ar maidin, an dá chliabh ar an asal agam, mo chóta agus ruainne beatha istigh iontu. Bheirim buidéal bainne nó tae liom nó amanna lasaim tine anseo agus fiuchaim blogam tae agus beirim ubh dom féin. Ní bhíonn aon mhórdheifir orm.

Fágaim madra sa bhaile le Nóra. Ní fhágann Nóra an teach, cé go mb'fhéidir go ngabhfadh sí fad leis an iothlainn, mar go bhfuil an t-amharc go dona aici. Bíonn an madra aici mar chomhluadar, agus an raidió. Bíonn orm an t-uisce a bheith tarraingthe agam ón tobar sula dtagaim síos anseo, an bhó a bheith blite agam, an mhóin agus an t-adhmad a bheith istigh agus gnaithí mar sin.

Gabhaim suas abhaile i gcaitheamh an lae le Nóra a fheiceáil agus go bhfeicfinn go bhfuil chuile shórt ceart, agus thiocfainn síos arís b'fhéidir. Tá an t-asal an-áisiúil, is féidir asal a thabhairt in áit ar bith ach cis bheag a dhéanamh. Aiteann nó saileoga nó roilleoga, cíb os a gcionn, sin a bhfuil i gcis. Is éasca cléibh ar asal ná mála ar a dhroim; lúbán i mbun an chléibh sa chaoi is nach bhfuil le déanamh ach pionna a tharraingt. Déanaim cruach den mhóin ar an mbóithrín agus cuirim gníomh maith uirthi agus tarraingím abhaile í ar mo chonlán féin níos deireanaí.

Tá mé an-bhraiteach faoi am; níos braití ná mar a bhí mé riamh. Tuigim go mb'fhéidir nach mbeidh aon amárach ann dom agus mar sin bainim brí as chuile nóiméad; tuigim a thábhachtaí is atá chuile nóiméad. Is minic le tamall a smaoiním go gcailltear an óige ar an óige. Ní féidir leis an óige aon chónaí a dhéanamh. Is ag tnúth is ag súil is ag coinne a bhíonn sí i gcónaí; ag súil leis an gcéad bhliain eile, ag fuirseadh is ag fuadar is ag deifriú. Bíonn an óige ar tinneall de shíor. Is fada leo an lá amárach. Is glas iad na cnoic. Agus sin mar is nádúr dóibh a bheith. Ach ní bhraitheann siad an saol atá, ní fheiceann siad an áilleacht atá. Caithfidh a saol a bheith ina chlampar, ina rí rá.

Smaoiním ar Nóra. Céard a dhéanfainn dá gcaillfí í? Ach ba mheasa dise dá gcaillfí mise. Ní bheadh sí in ann déanamh do m'uireasa. Tá a saol caite san áit seo aici.

Altaím do Dhia chuile mhaidin nuair a éirím agus nuair a chluinim Nóra. Mura gcluinim í gabhaim chuig a doras agus glaoim uirthi. Tagann an sagart chuici. Murach an sagart bheadh sí caillte.

Ní dhéanfainn cónaí in áit ar bith eile. Cé nach bhfuil uisce reatha nó leictreachas againn, nó teilifíseán, tá raidió againn. Éisteann muid leis an raidió. Níl aon charr againn. Tá rothar agam ach go mbíonn faitíos orm a dhul air, a bhfuil de sclaigeanna sna bóithre. Tagann daoine a bhfuil carranna acu go dtí muid amanna. Tugann siad i gcoinne an phinsin mé agus faighim pinsean Nóra. Tugaim cuairt ansin ar an siopa.

Labhraíonn daoine faoin bhfarraige agus fiafraíonn siad díom an airím an fharraige uaim agus deirim leo nach raibh aon fharraige riamh agam, gur fearr liomsa an sliabh. Anseo a rugadh agus a tógadh mé. Is ann a chaitheas bunáite mo shaoil; agus is ann atá uaim an chuid eile de mo shaol a chaitheamh. Ní mhairfinn áit ar bith eile. Ní mé an mbeidh aon chónaí ar an mbaile seo in ár ndiaidhne nó ar bhailte eile anseo. Ní bheidh sin go brách arís i Seanadh Cuileatan pé scéal é, déarfainn. Cé go mbeidh an áit seo, agus chuile áit eile acu, ag duine éigin. Chuala mé ráite é gur dhúirt dream éigin fúthu féin nach mbeadh a leithéidí arís ann, bhoil, is fíor sin fúinne pé scéal é. Má dhéantar cónaí san áit seo arís féin ní hiad ár leithéidí a bheas ann. Ní bheidh an Ghaeilge acu mar a bhí sí againne pé ar bith é. Cé nach aon chailliúint é sin orthu b'fhéidir. Ní duine ar bith anois thú gan Bhéarla. Níl an dream óg mar a bhí muide. Feicim ar na bailte eile iad. Cé nach aon mhilleán sin orthu. Is fearr liomsa an áit seo, Seangánach, ná soilse Bhoston.

PLUMAÍ CORCRA

Tá oileán beag i Loch Mór na Coiribe i ngar d'Uachtar Ard a dtugtar Inis na Bó air ar ar chónaigh comhluadar a d'oibrigh do bhoc mór. B'iad na Breathnaigh iad agus b'í an obair a bhí le déanamh ag an mBreathnach a bheith mar gharda agus mar chothabhálaí. Bhí a dteachín féin ag na Breathnaigh i gcúlráid an tí mhóir agus bhí a mbáidín iomartha acu, cé nár leo go baileach ceachtar den dá ní sin. Níor ghnás ag an máistir aon gheimhreadh a chaitheamh abhus ach é bailithe leis i gcéin tráthanna fada den bhliain, ach ar nós gnáthdhaoine ar bith ba ag baint lá i ndiaidh lae as ar an oileán a bhíodh na Breathnaigh, iad ag tabhairt aire do chuile shórt ann idir theach, thalamh is bhólacht. Ar nós a leithéide ar bith bhídís minic go leor ar an ngannchuid, agus tá sé ráite go mbíodh an dúluachair go dona an uair úd. Chomh dona sin go mbídís gearrtha babhtaí ó chaladh. Tá sé ráite go raibh bliain ann a rabhadar i mbaol a gcaillte leis an ocras. Nó gur éirigh bó fhionn amach as an loch agus gur thál sí bainne orthu.

Má bhí na Breathnaigh bocht féin tá sé ráite go mba gheanúil an comhluadar iad. Bhí iníon acu, Bláthnaid, agus tá sé ráite go mbíodh sí ag síorghabháil fhoinn. B'í a cúram sise, nuair a tháinig sí ina imhne, cúnamh a thabhairt dá máthair i bhfeighil na mbláthanna, bláthanna an tí mhóir, agus cúnamh a thabhairt dá hathair i bhfeighil na héanlaithe, agus b'in dhá earra nach raibh aon ghanntan ar an oileán orthu óir ba dhuine é an fear uasal a chnuasaigh cineálacha go leor sa chaoi is go raibh an t-ilchineál ceapóige leis an ilchineál pabhsae is toir aige. Bhí rosáin agus caschoillte de chrainnte agus de sceacha aduaine anseo is ansiúd aige ar fud imeall an oileáin; agus i dtaca le héanlaith de bhí cinn aisteacha aige, pí-éanlaith agus éanlaith guine agus piasúin.

Ba isteach ag Barr-Roisín a thagadh na Breathnaigh ag caladh. D'fheictí isteach iad, an t-athair faoina hata is a chultacha ceanneasna ag iomramh, píopa ina bhéal, é ag stolladh tobac. Fear mór cnámhach. Bean chúthail a bhí ina bhean, seál glas ar a cloigeann, í ina suí go tostach i gcúl an bháid, a haghaidh ar an tír. Ach b'í a n-iníon a n-úillín óir. Má bhí sí gealgháireach féin bhí sí dea-mhúinte, ag síor-rá rannta agus stéibheanna d'amhráin. Bhíodh sise i dtosach an bháid, ribín ina cuid gruaige, feisteas geal uirthi. Nuair a tháinig sé ina hacmhainn ba nós aici í féin a iomlacht chun tír mhór, a glór aerach le cloisteáil thar uisce.

* * *

Tháinig an uain gur phós Bláthnaid, Breathnach eile, as paróiste Mhaigh Cuilinn, agus chuireadar fúthu in Eagual. An t-áitreabh a bhí acu in Eagual ba ar bharr cnoic é, radharc breá uaidh síos os cionn an ghleanna. Crainnte sa ghleann ach an deis acusan breathnú amach go scóipiúil os a gcionn. Amach os a gcionn bhí Loch Mór na Coiribe. Óna hionad nua ba mhó den loch a bhí ina dearcadh ná riamh; bunáite an locha ar fad ó cheantar Uachtair Aird go dtí cathair na Gaillimhe. An loch iomráiteach gona iliomad oileán. A raibh oileán in aghaidh gach lae sa bhliain ann, bhí sé ráite.

Dhéanadh sí iarracht na hoileáin a chomhaireamh ach go raibh ceanna acu greamtha ina chéile. Bhíodh sí ag scrúdú íor na spéire d'Inis na Bó, d'Inse Ghaill agus d'Oileán na gCloch, ach go rabhadar rófhada uaithi.

D'fheiceadh sí báid agus thagadh cumha uirthi. Ag dioscaireacht oibre di lasmuigh den teach ba ghnás di stopadh agus na báid a fhaire. Sheasadh sí ina sráid nó shiúladh sí amach an garraí. Na báid a raibh a dtriall soir ar maidin agus a dtriall siar tráthnóna b'in iad na báid ar spéis léi. Cé bhí orthu, céard a bhíodar a dhul a dhéanamh i nGaillimh? Na báid a bhí amuigh i gcoinne aeir ba chuma léi iad siúd. Lá Domhnaigh ligeadh sí a tóin le carraig ar mhullach an chnoic agus chaitheadh sí píosa fada ag faire.

An teach a raibh sí anois ann ba theach ceann tuí é dála an tí a bhí ag a muintir ar an oileán; cé go mba mhó é seo, agus go mba léi é. Léi féin is a fear. Ceann nua tuí bhuí curtha air i gcoinne na bainise, agus cóta nua aoil bháin ar na ballaí. Dhá sheomra ann, móide cisteanach mhór eatarthu. Fuinneog i gcuile sheomra, móide dhá fhuinneog sa chisteanach. An doras tosaigh i gceartlár an tí, an doras iata ar a chúl. Cuireadh péint úr ar na doirse agus ar fhrámaí na bhfuinneog.

Cisteanach bhreá mhór. Teallach mór tine inti. Craein mar gheata. Neart croch ar an gcraein. Bhí bainbh muice agus laonna bó le beathú.

Ar aghaidh na tine, a dhroim le balla, bhí driosúr mór. Ar chófra chomh maith le driosúr é. Seilfeanna pulctha le gréithre. Plátaí ina seasamh. Na plátaí móra ar an tseilf uachtarach.

Crúcaí ar crochadh ó na seilfeanna. Cupáin ar crochadh ó na crúcaí. Crúiscíní ar an tseilf íochtarach.

Iarta ar chaon taobh den teallach. Móin agus blocanna adhmaid sa chlúid. É ráite go raibh Peadar, a fear, ina shleánadóir agus ina thuadóir chomh maith is a bhí sa pharóiste.

D'fheistigh Bláthnaid a teach ar a caoi féin. Na cuirtíní ar na fuinneoga b'ise a roghnaigh. D'fheistigh sí an bord agus na cathaoireacha. D'fheistigh sí na seomraí.

An tsráid ar aghaidh an tí scuabadh í agus scaipeadh gaineamh úr uirthi. Thóg Peadar claí os a comhair. Rinne sé ceapóga créafóige le hais an chlaí. Ar a cuairteanna abhaile chroch Bláthnaid bleibeanna, fréamhacha agus síolta blátha ar ais léi. Chroch sí léi géigíní agus gasanna bláthchrainnte. Crainnte aduaine. Plandaí aduaine. Níor mhórán bláthanna, crainnte nó plandaí ar an oileán nach raibh a gcomhchineáil in Eagual ag Bláthnaid in achar aimsire. Nuair a théadh a fear le carr móna go Gaillimh, nó le lastas fataí, bhíodh a lastas féin bláthanna agus glasraí i gcoinne an mhargaidh ag Bláthnaid.

Agus i dtaca le héanlaith de chuir sí roimpi iad a bheith aici. Géabha glasa, lachain agus cearca.

Scaití shiúladh Bláthnaid amach an sliabh ar chúl an tí. Ón sliabh b'fhearr ná riamh an t-amharc a bhí aici ar an loch mór ó thuaidh. Ach níor ina choinne seo go speisialta a théadh sí ag spaisteoireacht sa sliabh ach lena marana a dhéanamh. Le staidéar a dhéanamh ar a saol. Ar an saol a bhí agus ar an saol i láthair. Ar a todhchaí.

Ach go dtarraingítí a haird i dtreonna eile freisin. Ar bhláth cúthail. Ar chlaí slachtmhar nó ar mhóta úr a bhí tógtha ag a fear.

Ba mhinic í ag faire na n-éan. Éin an tsléibhe. Pilibíní agus feadóga. Bhí an sliabh lán d'fheadóga. B'éan an-chuideachtúil é an fheadóg bhuí a raibh glór deas aige.

Nuair a chasadh Bláthnaid airsean nó nuair a chluineadh sí na crotacha d'fhágadh gach machnamh duairc a hintinn.

Nuair a d'éireodh na crotacha ar a n-eití agus nuair a thosóidís ar a bhfeadaíl d'éireodh a croíse freisin. Stadfadh sí agus bhreathnódh sí orthu san aer, fios maith aici go dtiocfaidís anuas arís, agus amanta ghluaisfeadh sí ina dtreo an athuair. Iad ag éirí arís go caointeach san aon ealta, iad casaoideach ar nós scata páistí. Páistí!

Lá amháin gan choinne thug an fear uasal ón oileán cuairt ar Eagual uirthi agus thug sé leis féirín. Níor ghnáthfhéirín a thug sé leis. Níor ghnáthphiasún na coille a thug sé leis ach cearc phiasúin órga. An piasún i gcása ina charr aige. Ba í an t-éan ba ghleoite í dá bhfaca Bláthnaid riamh agus shil sí deora.

"Bhoil, bhoil, bhoil!"

"Tarraingeoidh sí seo an t-ádh ort!"

* * *

An bóithrín go hEagual gabhann sé trí bhaile Choill Bruachlán. Ag béal an bhóithrín bhí lánúin eile ina cónaí, a raibh an sloinne céanna orthu, a raibh comhluadar clainne orthu; malrach, a raibh máchail chainte air, a raibh Bláthnaid mar mháthair bhaistí aige. Ó bhí aois an-óg ag an malrach ba nós aige, tráthnóntaí Shathairn, a bheith ag faire amach do na Breathnaigh ag filleadh ó Ghaillimh dóibh ina gcarr capaill. Bheadh a lastas folmhaithe sa bhaile mór ag na Breathnaigh agus bheidís beirt, Bláthnaid is Peadar, thuas sa charr ina suí ar an seas: clár pinc adhmaid.

D'aithníodh an malrach fuaim an chairr aníos an bóthar. Bíodh an capall ag siúl nó ar sodar d'aithníodh sé fuaim a chruifí ar an gcruas. Sheasfadh sé go cúthail, ach go dána, achairín beag suas ó bhéal an bhóithrín. Bheadh a seál glas ligthe siar dá cloigeann ag Bláthnaid. Bheadh súil aici leis.

Thugadh an malrach cuairteanna go minic ar Eagual, ag bualadh leis trasna na ngarranta. Thugadh sé cúnamh do Pheadar. Thugadh sé cúnamh do Bhláthnaid. Dhéanadh sé a séire a thabhairt do na bainbh. Dhéanadh sé a séire a thabhairt do na laonna agus chuireadh sé a mbéalóga orthu, nó cac bó le nach mbeidís ag diúl a chéile.

Thugadh sé aire do na gasúir, á dtabhairt ag spraoi sa choill le hais an tí, ag fiach nó i mbun folóige.

Thabharfaí chun an tí iad agus thabharfaí arán agus subh dóibh.

Lá amháin, ámh, tugadh féirín don mhalrach nach raibh aon choinne aige leis, féirín nár bhriosca as bosca nó milseán as mála é. Lacha! Lacha a raibh dathanna aisteacha uirthi. Í dubh agus bán. A sciatháin agus a heireaball dubh. Ach go mba í an chíor dhearg ar a cloigeann, timpeall a súl, an ghné ba shuntasaí ar fad.

Cheangail Bláthnaid a cosa le ceirteachcha agus chuir sí isteach i mála í. A colainn a chuir sí sa mhála agus chuir sí sreangán air.

Chroch an malrach a ualach leis trasna na ngarranta, muineál fada na lachan sínte roimpi; a gob agus a súile.

"Bhoil, bhoil, bhoil!"

* * *

Tá Bláthnaid Bhreathnach beo i gcónaí. Í ag maireachtáil i gcónaí ina teach in Eagual, duine dá clann mhac, a bhean agus a gcúram clainne in aontíos léi.

Tá an malrach féin pósta agus cónaí air i gCoill Bruachlán. Is í Bláthnaid an duine is sine sna bólaí. Deireann sí go raibh saol maith crua aici.

AN CHUILÍN DAITE

Ba le péisteacha a théadh Seáinín ag iascaireacht. Bhíodh air a mbaint agus bhí an talamh i dtimpeallacht an tí an-chrua. Thiocfadh leis an carn aoiligh ar chúl chró na mbó a chartadh agus thiocfadh sé ar phéisteacha níos éasca ansin ach nach raibh mórán maitheasa sna cinn sin. Péisteacha móra dearga, a mba dhoiligh a gcur ar dhuán gan a mbriseadh agus a mba rófhurasta ag an mbreac a mbaint den duán ach gan é féin a dhul i ngreim ann, b'in iad péisteacha an chairn aoiligh. B'fhearr na péisteacha faoi na clocha ach murar chlocha sách mór iad, agus mura mbeifí sách gasta leo, ní bhfaighfí fúthu ach péisteacha beaga. Péisteacha ceanndubha na créafóige crua b'in iad na buachaillí a raibh an phrae iontu.

Bhíodh a shearróg ag Seáinín lena gcrochadh leis. Créafóg sa tsearróg lena gcoinneáil úr.

Le péisteacha b'éigean dó foighid an diabhail a bheith aige. Thóg sé achar péist a chur ar dhuán. Bhí a mhéaracha salach ina dhiaidh: seilí agus putóga na péiste orthu. Bhí air a lámha a ní. Ansin bhí a lámha fliuch. Bhí air an dorú a chur faoi réir agus bhí air corca a chur ar an dorú. Ansin bhí air bualadh faoi ar an mbruach ag faire a chorca san uisce.

Dá dtosódh a chorca ag preabadh bhí a fhios aige rud éigin a bheith ag piocadh na péiste. Má bhí. Óir b'fhéidir nach mbeadh sa phreabadh ach an duán a bheith i bhfastó, i gcloch nó i bplanda, an sruth á oibriú.

B'am deas tnútháin é seo, ámh. B'am fuadair chroí é.

B'am mórfhoighide is tosta é. Bheadh súil aige gur chuir sé an phéist sách cumasach ar an duán.

B'am éiginnteachta chomh maith é. Cé acu ab éifeachtaí an fhoighid nó corrtharraingt sciopthа: an duán a chur i bpus an bhric, b'fhéidir?

Choinneodh Seáinín faire ar a chorca. Súil aige é a imeacht ag tumadh faoi uisce. Ar thumadh dáiríre é nó arbh í a shamhlaíocht a bhí ag imirt air? Súil aige go mbeadh tarraingt tréan i dtobainne air. Súil aige nár chladhaire de shean-eascann é.

B'in mar a bhíodh Seáinín, agus bhíodh sé sásta go maith leis féin. Ach na hiascairí maithe d'fhoghlaim sé go mba chuileanna a bhí acu. Cuileanna daite. Agus bhí a fhios aige go mba chaoi dhifriúil ar fad a bhí acu le hiascaireacht a dhéanamh. Go seasfaidís ar an mbruach, mura mbeidís amuigh i mbád, agus go gcoinneoidís orthu ag caitheamh amach a ndoruithe. Go gcoinneoidís orthu ag coisíocht faoin abhainn. Chuala sé gur rugadar ar go leor breac.

Na hiascairí maithe níor rugadar ar aon eascann. Ba ar bhric amháin a rugadar. Bric rua. Ba ar an mbreac rua a bhí a thnúthán féin freisin; ar an mbreac rua nó ar an liathán, ach nuair a d'éirigh leis breith ar thada ba mhinice ná a mhalairt go mb'í an eascann bhradach é. Rógaire sean-eascainne! A dhuán slogtha tigh diabhail ina chraos aige.

Níor ghá a dhul ag iascaireacht chor ar bith le breith ar eascann. D'fhéadfaí breith ar eascann le do láimh i sruthán nó i gcorrach. D'fháiltíodh Seáinín roimh an eascann an uair sin. Ach níor fháiltigh sé roimhe nuair ba ar bhreac a bhí a shúil, nuair a bhí a dhuán agus a dhorú amuigh aige.

Ba mhór an ní é duán a bhaint as eascann. B'éard a tharla go minic san ionramháil gur dearnadh an dorú a bhriseadh agus gur fhan an duán istigh. Bhí do chaiscín déanta ansin, don lá sin ar chaoi ar bith, mura mbeadh duán eile agat, mura mbeadh lann nó scian agat.

Níos measa fós, mura mbeifí san airdeall, nuair a rachadh an eascann i ngreim go rachadh sé i bhfastó: go ndéanfadh sé é féin a cheangal i gcarraig nó i dtortán. B'in é an ball séire. Bheifeá réidh le do dhuán ansin, muis, óir d'fhéadfá tarraingt ar do bhionda. B'éard amháin a thiocfadh leat faoi dheireadh: stumpa maol. Stumpa maol dorú!

Arbh ionann 'cuileanna' agus 'cuileoga'? Rug Seáinín ar a chuileoga féin. Bhí neart cuileog istigh sa teach agus bhí sé éasca breith orthu. Ach níorbh í an cineál sin cuileoige a bhí ar a nduáin ag na hiascairí. Na cuileanna a bhí ag na hiascairí níor chuileanna beo iad, bhíodar in ann a gcoinneáil i mbosca a raibh clúdach teann air. Cuileanna bréige. Ar chosúla na cuileanna bréige le cuileoga donna an chaca bhó?

Rug Seáinín ar cheanna de na cuileoga chac bó chomh maith. Ach ba dheacair aon chineál acu a chur ar dhuán. Ar an gcineál duáin a bhí aige féin ar chaoi ar bith. Duán dubh eascainne!

Níor chuil bhréige í an chuileog Bhealtaine, ámh, agus bhí sé ráite go raibh an-tóir uirthi sin. Rug Seáinín ar an gcuileog Bhealtaine agus chuir sé ar a dhuán í ach dheamhan toradh a bhí uirthi. Chuir sé gormáin ar a dhuán freisin, snáthaidí púca agus damháin alla, scaití, ach dheamhan maith a bhí iontu.

B'é a dhuán a bhí cearr, bhí sé ag ceapadh. Róthrom a bhí a dhuán, bhí sé ag ceapadh, chuile shórt á thógáil go tóin poill aige. Dheamhan a mbeadh a fhios ag na bric cén solamar é, go mba sholamar ar bith é, nuair a d'fheicfidís thíos é, bhí sé ag ceapadh; dá bhfeicfidís.

Ach tháinig an lá nuair a tugadh cuilín bréige dó. Ba ag

caint cois na habhann le hiascaire strainséara a bhí sé agus iad ag cur ceisteanna ar a chéile. 'Spáin an t-iascaire a chuileanna do Sheáinín agus d'inis sé dó na hainmneacha a bhí orthu. Níor fhéad Seáinín cuimhneamh ar na hainmneacha ach shíl sé go raibh na cuileanna go hálainn, agus ní raibh iontas ar bith air go mbéarfaidís ar bhric. Ach dúirt an t-iascaire leis go raibh a mhodh féin go maith freisin, nach raibh tada cearr leis.

"Tá mo mhodhsa ceart i gcoinne péirsí agus róistí!" a dúirt Seáinín.

Ach dúirt an strainséir leis go raibh a mhodhsan ceart i gcoinne breac chomh maith agus d'oscail sé an boiscín a bhí ina phóca, thóg cuilín daite as agus thug do Sheáinín í.

Chroch Seáinín leis abhaile ina bhois í agus bhí sí chomh beag sin go mb'éigean dó a bhos a oscailt amanna agus breathnú uirthi le déanamh cinnte go raibh sí i gcónaí aige. B'éard a rinne sé ar ball gur sháigh sé an duán sa chorca ina phóca, gníomh ciallmhar nár chuimhnigh sé i dtosach air.

* * *

Bhí Máirtín Joe ag baint fhéir acu agus b'é a dúirt a athair le Seáinín go 'spáinfidís an cuilín daite dó óir go mbeadh scil ag Máirtín sna cúrsaí sin. Théadh Máirtín ag iascaireacht le Dain Bheartla agus théadh Dain amach leis an dochtúir.

Iascaire cáiliúil ba ea an dochtúir. É go minic ag iascaireacht thar ceann na hÉireann thall in Albain agus i Sasana. Bheadh oiread eolais is a theastódh ag Máirtín Joe.

Leag Máirtín i lár a dhearnan móire í agus ba é a rinne an breathnú uirthi. É á corraí anonn is anall, é ag rá rudaí fúithi.

"Cé cheapfadh anois gur ruainní cleití í sin?" a dúirt sé.

"Cén t-ionadh go mbéarfadh sí sin ar bhric?" a dúirt Seáinín ina intinn féin.

D'fhiafraigh sé a hainm de Mháirtín óir bhí an t-ainm a thug an t-iascaire uirthi ligthe i ndearmad aige, ach go mba é a dúirt Máirtín Joe leis gan é a chloigeann a bhuaireamh faoi sin.

"Nach cuma faoi ainm?" a duirt sé.

"'Séard nach cuma go mbéarfaidh tú ar bhric Dé Domhnaigh léi!" a dúirt sé.

Ach theastaigh ó Sheáinín go mbeadh an t-ainm aige. Ba chuimhneach leis go raibh an t-ainm céanna ar aintín leis. Cibé cén t-aintín arís í?

"Olive! *Golden Olive*!"

"Agus béarfaidh!" a dúirt Máirtín Joe.

"Agus inseoidh mise dhuit an rud a chaithfeas tú a dhéanamh," a dúirt sé, "thú a thosú thíos ag bun na habhann! "

"*Golden Olive*!"

Ba thuas i nGleann Gabhla a bhí cónaí ar Aintín Olive. Bhí taibhse ina teach bhí sé ráite. Dúradh gur shiúil sé síos an staighre chuile oíche ar uair an mheáin oíche.

Cé go raibh sé fiú ar cuairteanna sa teach ní fhaca sé an taibhse riamh, níor fhan sé riamh go dtí uair an mheáin oíche. Níorbh fheasach é céard a dhéanfadh sé dá gcasfadh sé ar an staighre air. Bhí iontas air gur fhan Aintín Olive sa teach léi féin

"Bhfuil tú ag éisteacht chor ar bith liom?" a dúirt Máirtín Joe.

"Bun na habhann!" a dúirt sé. "Tosóidh tú thíos ag bun na habhann!"

Bun na habhann! Níor ghnás leis iascaireacht a dhéanamh thíos ag bun na habhann. Ba thíos ag bun na habhann a bhí Claise. Bhí sé ráite go raibh Claise an-domhain agus an-chontúirteach. Bhí sé ráite freisin nár mhórán breac a bhí i gClaise mar go raibh na gailléisc as an loch in ann a theacht isteach inti.

Aníos ó Chlaise bhí Poll na gCaorach. Níor ghnás leis a dhul ag iascaireacht ansin ach oiread.

Clochar cloch a bhí taobh thuas de sin.

É ráite ag Máirtín Joe leis é a imeacht in éadan an tsrutha. Gan achar rófhada a chaitheamh in áit ar bith. Mura bhfaigheadh sé freagra láithreach nár mhóide go bhfaigheadh sé freagra ar bith.

Clocha móra ina dhiaidh sin chomh fada leis an droichead. Ní bheadh cailleadh ar bith ar an droichead bhí sé ag ceapadh. Rugadh ar bhric faoin droichead.

Clocha móra ina dhiaidh sin arís agus easanna uisce. Ach gur dhúirt Máirtín Joe leis go bhféadfaí breith ar bhreac i measc na gcloch.

Thuas ar aghaidh Bhóithrín na hEaguala a bhí an chora mhór. Ba ag an gcora a chas sé ar an strainséir.

Shín an abhainn go dtí Loch an Chip. B'in dhá mhíle eile bealaigh. Bhí 'spáinte ag Máirtín Joe dó an dóigh leis an duáinín a cheangal don dorú. Bhí ráite aige leis an cuilín a choinneáil ar bharr uisce. Bhí ráite aige leis mála beag i gcoinne na mbreac a bheith ar a dhroim aige.

* * *

'Golden Olive'! Bhí a mháilín ar a dhroim ag Seáinín agus bhí sceitimíní air. É ag gluaiseacht leis faoin abhainn mar a bhí ráite ag Máirtín Joe leis.

Claise, Poll na gCaorach.

De gheit léim breac. De gheit bhí an breac caite siar thar a chloigeann aige, isteach i dtom. Draighneáin is driseacha, raithneacha is roilleoga, cíb is fiontarnach. Dia dhá réiteach! B'in í an uair a bhí an liútar éatar ar Sheáinín.

Chuaigh Seáinín sa tom sa tóir ar a bhreac. Líonrith is anbhá air. Chrúb sé agus lúb sé agus chuaigh sé ag lámhacán ann. Ag stracadh is ag stróiceadh na fiataíola fásra.

Fuair sé corrán agus fuair sé tua, agus thángthas i gcúnamh air. Ach dheamhan tásc nó tuairisc a fuair sé ar a bhricín bric. A bhricín álainn bric! A bhricín álainn bric gona dhroim dorcha. Gona eite álainn droma. A eite eireabaill mar ghabhlóg. A eití cliabhraigh mar sciatháin snáthaid mhór.

Ach go mba iad spotaí glédhearga a chliathán ba dheise ar fad leis. Iad ní ba dheirge ná an fhuil. Bolg táthbhuí. Cloigeann chomh crua le gloine. Súile móra cruinne. Bheadh a bhéal ar leathadh ag alpadh an aeir. Nó go séalódh sé.

Réab Seáinín. Réab sé is réab sé. É ar a ghlúine ag réabadh.

A chuilín i mbéal an bhric, a chuilín caillte aige chomh maith lena bhreac. An cuilín a bhí ar aon dath leis an mbreac.

AN DEARTHÁIR

Chas sé ar charr Starlet dearg a stop ar a chúl. Ba stoptha a bhí sé féin nuair a chas sé air óir bhí an bóthar róchúng; róchúng le go gcoinneodh dhá charr ag gluaiseacht in aghaidh a chéile. Ba sa scáthán cúil a chonaic sé go raibh an carr eile stoptha, agus b'áirid aige é. Níor ró-áirid, ámh, óir bhí cearc fheá ar an mbóthar roimhe. Ag faire nach ndéanfadh sé an chearc a mharú a bhí an bhean sa charr, bhí sé ag ceapadh.

Chuir sin múisiam feirge air. Níor dhuine é a mharódh cearc, cibé céard faoi choileach. Dá mba i gceantar eile é, áit nár thearmann, b'é ba dhóichí go maródh sé coileach, dá mbeadh an deis aige. Bheadh sé an-sásta an deis a bheith aige óir ba dheise i bhfad an fheoil a bheadh air ná ar éan clóis. Éan clóis? Éan bruthlainne! Ba ina éan bruthlainne a bhí chuile éan tí ar na saolta seo.

"An raicleach!" a dúirt sé go hard ina intinn.

Ansin rinne sé siota beag gáire nuair a chuimhnigh sé ar shainbhrí an téarma údaí.

"An raicleach!" a dúirt sé go sona an athuair.

Ina mheabhair chonaic sé sionnach glic baineann.

"An raicleach!" a dúirt sé arís.

An t-am seo, ámh, ba le fonóid ba mhó a dúirt sé é.

Bhí sí fós ann, an raicleach. A carr ina stad, í ag faire trína scáthán cúil. Eisean ag faire trína scáthán cúil uirthi.

"An raicleach!"

Bhog sé leis.

Eisean a raibh a ghrá don dúlra go maith ar eolas. An

bhitseach! Ag fógairt nach bhféadfaí brath air. An bhitseach, mar a comhnuabhitseacha a bhí tagtha sa saol. Ar mhó go mór an dochar a bhíodar a dhéanamh. Ba fhonn scriosa a chuir a hairdeall amhrasach airsean.

Bhí an chearc fós roimhe. Ag siúl go socair roimhe. Níor bhain aon chlisteacht léi. Lámhthógtha a bhí sí, caithfidh sé. Níor mhórán nárbh éan tí í. Níorbh fholáir nó go mb'é mórán an blas céanna a bheadh uirthi. De sciotán phreab sí de leataobh.

Rinne sé a charr a pháirceáil, ceann le bóthar, ag béal na coille. D'éirigh sé amach as; ach b'iúd aníos ina threo an Starlet dearg. Ar an bpointe boise, ámh, nuair a chonaic sí é ina sheasamh, stopadh an Starlet ar an toirt, cé go raibh cor sa bhóthar. Mar go raibh an cor ann b'iúd ar aghaidh arís í go ndearna sí cor fá gcuairt ag béal eile na coille, agus b'iúd ar ais arís í an bealach as a dtáinig. Ba faoi dheifir a chuaigh sí ar ais.

Shiúil Beartla roimhe isteach cosán clé na coille. Toisc go raibh an maide miotail druidte de leataobh níor cuireadh aon bhac air. B'é ba nós aige a léim thairis: a dhá láimh a leagan air, a mheáchan a chur orthu agus a chosa a thabhairt trasna de léim.

Bhí brothall maith san aimsir. Bhí Beartla ag déanamh a mharana. Go tobann, ámh, bhí an carr Starlet isteach ina dhiaidh, gluaiseacht tréan fúithi. In achar ar bith bhí sí imithe as a radharc thairis.

A aigne dírithe ar an gcarr. Cad chuige a dtáinig sí isteach ina dhiaidh? Ar ina dhiaidh a tháinig sí isteach? Níor cheadmhach do charranna a theacht isteach, ach amháin iad seo a raibh dualgas coille orthu. Cén dualgas a bhí uirthise?

B'iúd amach arís í. Gluaiseacht ní ba thréine fós fúithi.

* * *

Beithígh faoi shuaimhneas ar féarach sna páirceanna amuigh. Bhí sé in ann a bhfeiceáil trí bhearnaí sa choill. Cuid mhór den choill bainte. An ghrian ag scalladh go geal ar chlocha agus ar chrainnte. Caoirigh ag coisíocht trí bhéalóg ó pháirc go páirc. An fiach dubh go cársánach in ard na spéire. Gan duine nó deoraí ina thimpeall.

Bhain sé de a sheaicéad óir bhí uaidh siúlóid mhear a dhéanamh. Luasc sé a lámh shaor siar is aniar. É ráite ag saineolaithe go mb'in an chaoi ab fhearr don chroí. Uair a chloig a thógfadh sé air an cosán coille a shiúl. Bhí a fhios aige sin óir bhí an t-aistear déanta go minic aige. Ach go gcaithfeadh sé siúl go tréan. Mura siúlfadh thógfadh sé achar ba mhó. An mhoill ba lú agus cuireadh nóiméid mhóra bhreise leis an am. D'airigh sé sona.

Cibé cén fáth thug sé stracfhéachaint fhánach siar ar fiar ar thom driseacha lena ais, agus baineadh siar as. Níorbh ar an bpointe boise a baineadh siar as ach de dhorta dharta ina dhiaidh sin. Bhí fear lena chúl leis ar a chromada sa tom.

Sheas Beartla. An labhródh sé leis an bhfear? An leagfadh sé a lámh air? An bhfiafródh sé de cén chaoi a raibh sé, an raibh sé ceart go leor? A chloigeann go hiomlán faoi fholach sa tom. A ghuaillí faoi fholach chomh maith lena chloigeann.

Chúlaigh Beartla beagán. Bhí gráinní fuachta ar a chraiceann. Ní raibh corraí ar bith as an bhfear. B'áirid mar a bhí sé in ann seasamh san aonchruth chomh fada. Cé go raibh a ioscaidí lúbtha níor bhaol ar bith go mba ar a ghogaide a bhí sé. Bhí sé sa chruth ba thuirsiúla.

Shiúil Beartla leis. Cad chuige nár ghlaoigh sé amach aige? B'éard a dhéanfadh sé maide láidir a aimsiú agus filleadh. Cá bhfios dó nach raibh tuilleadh daoine sa chomharsanacht? Cá bhfios dó nár thrapa a bhí curtha dó? Na fir eile ag faire air? Nó an fear é féin réidh lena ionsaí le scian? An chaoi a raibh sé ina sheasamh ba dheacair ag an bhfear sin a dhéanamh de dhorta dharta. Bhí a lámha as amharc. Ba fhear sách beag a bhí ann, culaith sách maith éadaí air, bróga dorcha. Arbh fhéidir go mba fhear marbh a bhí ann? Go mba cheangailte sa tom a bhí sé? Nó arbh fhéidir go mba á chrochadh ar a dhroim a bhí sé ag duine éigin agus gur caitheadh ansin faoi dheifir é mar go bhfacthas é féin ag teacht? B'í a thóin an chuid ba shuntasaí. B'áirid an áit coill. B'fhearr a dhul ag na gardaí.

* * *

É ráite cait chrainn a bheith sa choill. É ráite go raibh uimhreacha an chait chéanna ag méadú. Bhí an uair ann, agus níor rófhada ó shin é, nuair a bhí an cineál seo cait i mbaol. Maoir éin á marú. A n-áitribh á mbánú. Ach bhíodar ag teacht ar ais; i ngeall ar choillte a bheith á gcur níos fairsinge.

É ráite go raibh turcaithe fiáine freisin sa choill. Turcaithe fiáine ó Mheiriceá Thuaidh. É ráite gur scaoileadh cinn acu amach inti. Má bhí ní rabhadar feicthe riamh aige féin. Cé go mba ghnás leis an choill a chuardach. Níorbh ar na gnáthchosáin a shiúladh sé gach uair. Nuair a bhí an uain aige shiúil sé go réidh i measc na gcrann; ag faire amach d'ioraí, d'éin, do chréatúir chúthaile na coille. Ag faire amach do na cait chrainn, agus do na turcaithe, agus d'fhianna. É ráite go raibh siadsan freisin inti. Dheamhan a bhfaca sé cineál ar bith acu, ach amháin na hioraí. Bhí na hioraí feicthe go minic aige, na cinn rua. Na cinn ghlasa chuireadar an ruaig ar na cinn rua.

B'áirid leis nár aimsigh sé na fianna. Murach go rabhadar aimsithe ag daoine eile dheamhan a gcreidfeadh sé go rabhadar sa choill chor ar bith.

Ach d'aimsigh sé feic ba uafaire. D'aimsigh sé colainn dorcha fir ar crochadh ó ghéag crainn. Agus shíl sé gur chuala sé sciotáil mhalraigh ó chúlráid na gcrann.

* * *

Má bhí príomhchosáin na coille siúlta go minic féin aige níor mhóide go rabhadar ar eolas aige. Meath-eolas a bhí aige orthu. Arae d'athraíodar ó shéasúr go séasúr, ó lá go lá. Ba mhór ar fad mar a d'athraigh na mionchosáin.

Na daoine a shiúil na cosáin níor aithnigh sé ach oiread iad: strainséirí amach as an gcathair. Cé gur aithnigh sé daoine ar leith, daoine ar a nós féin, a shantaigh an ciúnas agus an iargúil, a raibh an choill ina gcuid fola, nach réiteodh a lá i gceart leo mura ndéanfaidís a ngeábh siúil.

Bhí aithne aige ar mhórchuid an dreama seo agus aithne acusan airsean. Ó am go ham, ámh, baineadh nó cuireadh lena líonsan. B'in mar a bhí sé leis an seanfhear. Ba bheag cronú a chuir Beartla ann an chéad bhabhta ach go bhfaca sé an seanfhear aonair nár mhórán cuma a bhí ar a chuid éadaí, a raibh maide ina láimh. Thug sé an méid sin faoi deara. Bacach, a shíl sé.

Chonaic sé arís ansin é. Chonaic sé go minic ina dhiaidh sin é. An feisteas céanna i gcónaí air: seanchóta, seanchaipín, bróga troma.

É ag oibriú a mhaide ar dhriseacha agus ar fhásra eile. Tua amanna aige in áit an mhaide. A chosán féin á dhéanamh aige. É ag siúl roimhe go mall. A bhuillí á mbualadh aige. Cérbh é? Cérbh as é? Ní fhaca Beartla riamh é ag coinneáil cainte le héinne. Ach fuair sé amach go mba i seancharr gluaisteáin a tháinig sé, agus gur fhág sé sin ag béal na coille; carr a bhí ar aon déanamh agus ar aon dath lena charrsan. Agus fuair sé amach gur thug sé leis lón ina phóca.

"Ag cuardach a dhearthára a bhíonn sé!"

"Inseoidh mise dhuit cé hé an seanfhear sin!"

* * *

Bhí barr mór móna bainte acu. Níorbh é an beagán a bhain siadsan aon bhliain mar cé is moite de bhlocanna adhmaid a chuireadar tríthi níor dhódar ach í. Brianaigh!

Ba é Maidhc a bhain óir b'é ba shine. Níor mhóide gur bhain Meailic fód ar bith riamh, b'é a scar. Síos faoi a bhain Maidhc. Síos a baineadh í gach uile lá riamh sa cheantar seo.

Is éard a dhéanann Maidhc go leagann sé amach scríob, go mbaineann sé na scraitheanna di agus go ndéanann sé lagphortach astu. Ansin baineann sé an chéad chéim fhód.

Caitheann sé na fóid chuig Meailic lena gcur ina bharra rotha lena gcrochadh amach ar an ionlach. Caithfear an chéad chéim seo a scaradh píosa fada amach óir beidh céim eile le baint ar ball, agus céim eile ina dhiaidh sin, agus céimeanna eile arís. Deich gcinn de chéimeanna. Móin chuile chéime i ndiaidh a chéile níos fearr ná an chéim roimpi. An mhóin dhubh, an chlochmhóin, i dtóin an phortaigh.

Tá an lá go deas. Tá píosa maith oibre déanta arís inniu acu. Tá an tine ar lasadh ó mhaidin. Is í an tine an chéad ghar a dhéantar. Tugann siad leo glaicín dea-mhóna ó bhaile agus tá fuíollach sprémhóna agus spairtí ar an bport. Cnúdán tine amháin atá uathu bunáite an ama.

Is maith leo an deatach mar gur mór an comhluadar é.

Is maith leo boladh an deataigh.

Is faoi Mheailic an tine. Is é a lasann í agus tugann sé geábh go dtí í idir uairibh.

Tugann siad leo freisin fíoruisce ón tobar. An canna a bhfuil an t-uisce ann tá sé sáite in uisce fuar an athphoill maraon leis an mbuidéal bainne. I bhfoscadh tom aitinne atá an ciseán. Tá uibheacha cruabhruite, fillte i bpáipéar nuachta, sa chiseán maraon le salann, le dabaí móra feola, cáca aráin, 'gus im. Arae is cócaire maith é Maidhc nuair a bhuaileann an spadhar é.

Tuigeann Meailic nuair is cóir uisce a chur sa sáspan agus an sáspan a chur ar an tine. Tuigeann sé nuair is cóir máimín tae a chur sa chorcán, an t-uisce bruite a chur ann agus an corcán a chur ar ais ar an tine.

Cuireann an corcán gal uaidh, tosaíonn sé ag crónán, baintear an tine as a chéile. Leagtar an corcán le hais na tine scaipthe.

Is é a dtráth bia a dtráth scíthe. Buailte anuas ar mhálaí, a bhfuil slám breá fraoigh iontu, itheann na deartháireacha ar a suaimhneas. Tá faobhar goile orthu agus tá blas ar an mbia. Itheann siad faoi thost ach go bhfuilid ag déanamh a marana, an mharana chéanna mórán chuile lá. Breathnaíonn siad ina dtimpeall, ar na cnoic, ar na tithe orthu, ar na páirceanna bána i gcéin. Cloiseann siad an chorrfheithicil ag gabháil thart. Bíonn corr-rud le rá acu.

Tá na héin ina dtimpeall ach gur beag aird a thugtar orthu, ar fhaoileáin, ar fhuiseoga nó ar chrotacha. Ach go gcuimhníonn siad siar ar laethanta nuair a thugtaí. Nuair a thugtaí aird. Aird mhór. Is í an aird is mó a thugtar anois aird ar an gcorrchomharsa. An aird ag brath ar an duine.

* * *

Deireanach go maith ar maidin a bhí sé agus iad ag éirí. Cén deifir a bhí orthu ach an lá geimhridh a bheith chomh gearr? Iad amuigh sách deireanach ar aon chaoi. Cé nár i bhfochair a chéile é nó sa tábhairne céanna.

Bheidís éirithe níos moiche dá mbeadh call leis, le giolc an éin, dá mbeadh glaoite ag feilméara nó ag comharsa orthu. B'fhéidir, ar ndóigh, go nglaoifí fós orthu nó ar a laghad ar bith ar dhuine acu. Murar chúram mór é, mura mbeadh ann ach glaicín fataí nó tornapaí a tharraingt, ba mhinic nár glaodh róluath orthu.

Ach an lá nach nglaofaí bhí a gcúraimí féin orthu: a dhul ag gearradh scolb i mBaile Coirce nó a dhul ag breith ar choiníní, nó colúr, nó seo siúd. Nó a dhul ag soláthar blocanna adhmaid dóibh féin. Nó cnónna coill. Cuileann don Nollaig. Nó seo siúd. Ag brath ar a spadhair.

Baile Coirce a tugadh ar an mbaile cé, go deimhin, nár mhórán coirce a bhí riamh ar an mbaile. Roschoill! Shín an roschoill ó theach na mBrianach an bealach ar fad ó thuaidh go dtí an loch. Shín sí faoi dheis is faoi chlé, go dtí an abhainn agus go dtí an séipéal. Seangharraí anseo is ansiúd inti.

Í glas san earrach, buí sa bhfómhar agus rua sa gheimhreadh. Í garbh creagach agus na céadta éan is ainmhí ina gcónaí inti. Agus níor leis na Brianaigh oiread is achar slaite di.

Níor leis na Brianaigh tada cé is moite den teach inar chónaíodar agus cúilín beag talún lena ais. Go deimhin féin níor leo an méid sin féin mar go mba ar cíos ón gComhairle Chontae a bhí an bothán tí agus an cúilín garraí.

Ach murar leo an choill b'iad ba mhó a bhain feidhm aisti. Tráthnóna ar bith go dtí an fuine gréine, agus go dtí an dorchadas ina dhiaidh sin, d'fheicfí iad ag triall aisti, beartán scolb nó ualach coiníní nó ualach éigin ar ghualainn acu. Maidhc, nuair a bhuaileadh an spadhar é, nó Meailic, nó an bheirt acu ag triall abhaile go mall. Cé nárbh ón bpointe céanna ba ar an bpointe céanna a bheadh a dtriall.

Go mall. Constaicí agus bacanna le sárú acu. A mbeartanna á leagan óna nguaillí is á ligean thar na constaicí acu. Iad féin ag dreapadh na gconstaicí agus a n-ualaí á gcrochadh acu leo arís. Claí nó fál nó cnocán. Nó go mbeidís ina gcúilín garraí. Maidhc ag cur lena charn, Meailic ag cur lena charn féin.

Tuíodóirí ag triall orthu i gcoinne scolb. Oiread seo burlaí á gceannach uathu. Dhá chéad scolb sa bhurla, deich scilling ar an mburla.

"Ní bhaintear scoilb, déantar iad a ghearradh!"

Bhí sin agus tháinig seo. Na daoine ar leo an choill chuireadar fios ar innealra. Ollscartairí agus olltochaltóirí. Tarracóirí agus brácaí. Baineadh, briseadh, scuabadh agus deineadh míntír as an mborbchoill. Gan de shealús feasta ag na Brianaigh ach a gcúilín garraí is a bpoll portaigh. A gcarr réchaite á dtabhairt ag an bportach.

Agus ba sa charr a chuaigh Maidhc go dtí an banc buidéil. Cibé cén spadhar é seo a bhuail é: buidéal ar bith a bhí i gcúinne ar bith bhí sé caite i mbosca aige. É ag cuardach is ag tochailt sa gharraí. Buidéil a bhí curtha san úir le fada bhain Maidhc aníos arís iad.

"Tuige a mbeifí ag milleadh talúna?"

"Is féidir na buidéil seo a úsáid aríst!"

"Cruinníodh muid na buidéil agus cuireadh muid sa mbanc iad!"

Thiomáin Maidhc go mall óir nach raibh an tslí rómhaith ar eolas aige. Ba i gCnocán an Rosa a bhí an banc, bruachbhaile de chuid na cathrach nárbh aon rótheist a bhí air. Go mall mall. Cibé cén fáth nár in áit éigin eile a tógadh é?

Áit uaigneach. Claí ard stroighne, téad dhealgach ar a mhullach, geataí móra miotail. Gan duine nó deoraí le feiceáil.

Stroighin. Scríbhinní brocacha. Aoileach. Buidéil bhriste.

Tá sé ráite gur chas Maidhc an gluaisteán nó go raibh a bhéal amach arís. D'éirigh sé amach as an gcarr agus chroch leis bosca, isteach an geata mór miotail, isteach i gcuibhreann. A luaithe is a bhí sé istigh tháinig baicle malrach thar an gclaí ina leith.

Tá sé ráite gur thosaigh na malraigh ag magadh faoi. Go ndeachadar anonn ag an gcarr agus gur thugadar faoi na boscaí. Gur fhógair Maidhc orthu fanacht uathu. Go mb'éard a rinneadar na buidéil a thógáil as na boscaí agus a gcaitheamh in éadan an chlaí. Nuair a d'fhógair Maidhc arís orthu éirí as ní dhearnadar ach gáire.

Ansin dhúnadar an geata mór miotail ar Mhaidhc. Ach gur thángadar ar ais arís aige i gcoinne eochracha an chairr agus an t-am seo gur chrochadar leo ina charr é.

Fríothadh an carr níos deireanaí amuigh ag béal na coille.

Tá sé ráite gur deineadh iarracht an carr a chur trí thine. Tá sé ráite gur deineadh smál ar an gcorp.

Tá luaidreáin eile ann go raibh saochan ag gabháil dó, go mbíodh sé ag fálróid sa choill agus go mbíodh sé ag mealladh gasúr. Deir daoine gurbh é féin a chuir lámh ina bhás féin.

AN RÓS

Bhain Nóirín an rós dá gúna agus chuir arís lena srón é. Ansin chuir sí i bpróca uisce é.

"Cá leagfaidh mé é?" a d'fhiafraigh sí, cé go raibh an t-ionad roghnaithe aici.

"Leag ar an mbord é," a dúirt a máthair.

"Leagfar ansin é!" a dúirt Nóirín.

"Ní leagfar! Cé leagfas é?" a dúirt a máthair.

"Ní leagfaidh mé ansin é ar chaoi ar bith!" a dúirt Nóirín.

Bhí an próca fós ina láimh aici. B'é an rós ba dheise é dá bhfaca sí riamh. Rós dubhdhearg. Bachlóg róis. Stán sí air.

"Nach é atá go hálainn?" a dúirt sí léi féin.

"É dochreidte álainn! " a dúirt a croí.

Caoin, glic, ar nós béilín daite, a shíl sí. É ceannaithe go speisialta aige dise. É roghnaithe go cúramach aige di. Cibé cár cheannaigh sé é?

"An gceapann tusa go bhfuil sé go deas?" a d'fhiafraigh sí dá máthair.

Leag sí é ar leac na fuinneoige le hais an doirtil arae go mb'in é an áit ba shuntasaí é.

"Fainic a scairdfeá uisce air!" a dúirt sí.

Bhreathnaigh sí go grinn arís air.

"Tá sé ag feo cheana fhéin!" a dúirt sí, alltacht áirid uirthi.

"Déanfaidh an t-uisce é a athbheochan," a dúirt a máthair.

D'oscail an bhachlóg amach sa chaoi is go raibh a fabhraí le feiceáil.

Níorbh fhada, ámh, gur thosaigh an bláth ag dreo. Níorbh é gur dhún sé ar ais ach gur thosaigh ciumhaiseanna a fhabhraí ag meath. Chuir Nóirín uisce úr sa phróca; uisce glan in áit an tseanuisce.

Dá gcuirfinn i gcré é, a smaoinigh sí.

"Dhá gcuirfinn i gcré é, an dóigh leat go gcuirfeadh sé?" a d'fhiafraigh sí.

Go gcuirfeadh sé ina sceach sa ghairdín ar a bhfásfadh mórán rósanna?

Níor chuir sí in aon chré é ach b'éard a rinne sí na fabhraí a bhaint ó chéile agus a gcur idir na leathanaigh ina leabhar.

"An maith leat mo ghúna" a d'fhiafraigh sí.

Gúna dubh *lycra* a bhí ann a d'fhág a lámha leis. É ag sileadh síos dá rúitíní. A d'fhág uachtar a brollaigh leis freisin.

"Tá sé róíseal!" a dúirt a máthair.

"Féadfaidh tú rapa nó seáilín a chaitheamh ar do ghuaillí!" a dúirt sí.

"Ní chaithfinn ceann de na rapaí sin go deo!" a dúirt Nóirín.

"An maith leat mo bhróga?" a d'fhiafraigh sí.

"Tuige ar chaith na sála a bheith chomh tiubh?" a dúirt a máthair.

"An gceapann tú go bhfeileann siad do mo ghúna?" a d'fhiafraigh Nóirín.

"Tá siad ceart go leor!" a dúirt a máthair.

"Ní leor go mbeidís 'ceart go leor'!" a dúirt Nóirín.

"Nár dhúirt mé go rabhadar ceart?" a dúirt a máthair.

"B'é a dúirt tú go rabhadar 'ceart go leor'!" a dúirt Nóirín.

"Tá siad go hálainn!" a dúirt a máthair.

"Bíonn ort chuile shórt a mhilleadh!" a dúirt Nóirín.

"Dúirt mé go rabhadar go hálainn!" a dúirt a máthair.

"Cé a bheas tú a thabhairt leat?" a d'fhiafraigh a máthair.

"Duine eicínt!" a dúirt Nóirín.

"Cén duine eicínt?" a d'fhiafraigh a máthair.

"Duine eicínt!" a dúirt Nóirín ar ais.

"Cén duine eicínt, a d'fhiafraigh mé?" a d'fhiafraigh a máthair ar ais.

"Níl a fhios agam fós!" a dúirt Nóirín.

"Níl a fhios agat!" a dúirt a máthair. "Shíl mé go raibh tú le Dáithí a thabhairt leat?"

"Cé dúirt é sin?" a dúirt Nóirín.

"Thú fhéin!" a dúirt a máthair.

"Cibé cé a chuir é sin i do chloigeann?" a dúirt Nóirín.

"Céard a tharla le Dáithí?" a d'fhiafraigh a máthair.

"Tada!" a dúirt Nóirín.

"Shíl mé gur dhúirt tú go raibh tú lena thabhairt leat?" a dúirt a máthair.

"Ní raibh mé ach ag magadh!" a dúirt Nóirín. "B'é Breandán a theastaigh uaim ach gur dhúirt tusa nach raibh cead agam Breandán a thabhairt!"

"Nach dtabharfá Seán in éindí leat?" a dúirt a máthair.

"Seán! Ní fheicfí mé marbh ina theannta seisean!" a dúirt Nóirín.

"Nó Mícheál?" a dúirt a máthair.

"Mícheál! Cábóg spadchluasach eile!" a dúirt Nóirín.

"Ní gá dhuit a dhul chor ar bith ar aon chaoi!" a dúirt a máthair. "Níl sna damhsaí *Debs* seo ach seafóid!"

"Tabharfad Roibeard liom má cheadaítear dhó agus mura gceadaítear tiocfaidh Hómar agus mura gceadaítear do Hómar tiocfaidh Silvester," a dúirt Nóirín.

"Agus mura gceadaítear do Shilvester?" a dúirt a máthair.

“Ná bí i t'óinseach!” a dúirt Nóirín.

B'é Stiofán a thug Nóirín léi agus b'é Ciarán a thug Tríona. Ba shine de dhá bhliain í Tríona ná Nóirín. Bhí Tríona ag gabháil don Ardteistiméireacht don dara babhta agus bhí dhá bhabhta roimhe sin caite aici i mbliain a cúig. Níor rómhór suim Thríona i gcúrsaí léinn ach ba mhór a suim sna buachaillí.

B'iomaí sin 'buachaill' a bhí ag Tríona, Diarmaid is Rónán agus Réamann rompu, fir óga ar chas sí orthu ag na dioscónna nó sa teach tábhairne ina raibh sí ag obair nó a tháinig chun cainte chuici ar Shráid Chrúis mar ar oibrigh sí sa samhradh mar shráid-ealaíontóir.

D'oibríodh Nóirín scaití ar an tsráid chéanna mar chomhluadar ag Tríona. Chuireadh sí trilseáin i bhfoilt mar a rinne Tríona agus shaothraíodh sí pingneacha airgid air mar a shaothraigh Tríona. Ach i dtaca le buachaillí de ní rabhadar ag Nóirín mar a bhíodar ag Tríona. Déanta na fírinne dheamhan 'buachaill' a bhí riamh ag Nóirín. Déanta na fírinne dheamhan buachaill a phóg sí riamh ar a liopaí nó ar a leiceann. Cé nárbh eol di seo go baileach. Óir ba mhinic í ag trácht ar bhuachaillí. Thrácht sí agus thrácht sí orthu agus ina meabhair bhíodar aici. Ina meabhair phóg sí buachaillí go minic agus phógadar ise go dílis.

Ach go raibh an oíche mhór ag teannadh agus go gcaithfí an uain a bhreith ar an urlann.

Níor ghá do Nóirín aon fhaitíos a bheith uirthi, ámh. Bhí a cara sa chúirt aici. Cara do Chiarán ba dh'ea Stiofán.

“Caithfidh tusa mo chuid gruaige a dhéanamh!” a dúirt sí lena máthair.

Thuas staighre shuigh Nóirín os comhair an scátháin mhóir agus d'oibrigh a máthair go dícheallach ina timpeall. Ó am go ham chlaonadh Nóirín chun tosaigh.

“An bhfuil guaillí móra agamsa?” a d'fhiafraigh Nóirín.

"Is deise liom guaillí Thríona!" a dúirt sí.

"Sílimse go bhfuil guaillí deasa ag Tríona!" a dúirt sí.

"Tá Tríona tanaí!" a dúirt sí.

"Tá dath álainn ar a cneas!" a dúirt sí.

"Síleann chuile dhuine gur Spáinneach í Tríona!" a dúirt sí.

"Gabhann Tríona go dtí parlús áilleachta agus luíonn sí ar leaba ghréine!" a dúirt sí.

"Stoitear a fabhraí agus ribí gruaige a hascaillí agus cuirtear dathanna agus uachtair uirthi! " a dúirt sí.

"Tuige a mbeadh sí ró-óg?" a dúirt sí.

"Is fuath liom na bricíní atá orm!" a dúirt sí.

"An gceapann tú go bhfuil toisí móra cos agam? Tuige a gceapann tú gur cur amú ama is airgid iad na *Debs*?" a d'fhiafraigh sí.

"Níl mé chomh ríméadach anois is a cheap mé! Tá mé beagán neirbhíseach!" a dúirt sí.

Buaileadh cnag ar an doras thíos. B'iad Roibeard agus Hómar agus Silvester a bhí ann. Iad sceiteach straoiseach ar an tairseach.

"An bhfuil Nóirín gléasta?" a d'fhiafraíodar.

"Abair leo a theacht isteach!" a scairt Nóirín.

"Níl mé réidh fós, a amadána!" a scairt sí go fonnmhar.

Shuíodar go ciotach i dtoll a chéile ar an aon tolg.

"Fanaigí go bhfeicfidh sibh mise!" a scairt Nóirín arís.

Sheol sí anuas isteach chucu, faoina dóigh úr ghruaige, faoina héadan déanta, faoina gúna dubh *lycra* agus faoina bróga nuafhaiseanta.

"Triúr ógfhear breá!" a dúirt a máthair leo.

"Níl iontu ach gasúir!" a dúirt Nóirín.

"Nach dtairgeofá rud eicínt dhóibh?" a dúirt a máthair.

"Níl tada ann le tairiscint!" a dúirt Nóirín.

"Síosaí libh ag an siopa agus abair le bhur máithreacha a

theacht aníos anseo!" a dúirt a máthair.

Moladh Nóirín agus dúradh gur bhreathnaigh sí thar cionn. Dúradh go mba bhanríon chríochnaithe í.

Tháing Stiofán, Tríona agus Ciarán. Tugadh a rós do Nóirín agus tugadh a bosca seacláide dá máthair. Deineadh rachtanna úra gáire is spraoi agus tógadh pictiúir. Dúirt Nóirín, idir a hiliomad meangaí is a taomanna straoisíola, go gceapfaí go mba bhainis a bhí ann.

D'fhágadar i dtacsaí, an ceathrar acu iad brúite in aghaidh a chéile ar chúl, iad ag gáire. Níorbh é seo chéad uair Nóirín i dtacsaí, níorbh í a dara nó a tríú huair ach oiread í, ach bhí an uair seo difriúil.

Bhídís ag rá go rachaidís i *limousine*, bhí *limousine* feicthe ag Nóirín, bhí *limousiní* an-fhairsing i Meiriceá, i *limousiní* áiride ní hamháin go raibh gléasáin teilifíse iontu ach bhí *jacuzzi* chomh maith. Nárbh áirid go bhféadfadh duine é féin a ghléasadh i gcarr, go bhféadfadh fear é féin a bhearradh, go bhféadfá síneadh siar agus a dhul a chodladh?

Ach níorbh ar *limousine* a chinneadar. Bheadh *limousine* róchostasach.

Nó níor mhar a chéile ach oiread an turas seo ar an óstán. Tacsaí, a buachaill féin aici, an scata acu i dteannta a chéile.

Ba isteach an taobhdhoras a seoladh iad.

I dtús báire shíl Nóirín go mba mhó de phribhléid é an taobhdhoras ná an mórdhoras, doras ar leith acu dóibh féin, nó gur míníodh an chúis di, agus ansin ar nós chuile dhuine eile acu léim sí go haigeanta ag fógairt go mba mhasla é.

"Níl seo cóir! Níl seo cóir!" a dúirt sí, a bréagdhiúgaireacht uirthi.

"Níl seo cóir! Níl seo cóir!" a dúirt sí arís, cé go mba chuma léi.

An slua acu i mbéal an dorais ag gáire is ag scairteadh ar

a chéile. Iad ag breathnú siar is soir. Cailíní acu ag ligean fuachta orthu féin.

"Breathnaigh an ghealach!"

"Feicimse an fear uirthi!"

"Fear eile!"

Gealach mhór gheal.

"Tá mise fuar freisin!"

"Nóirín!"

Ach a lúcháirí is a bhí Nóirín níor airigh sí tada. Níor airigh sí tada ach lúcháir. Iad á gcur isteach an taobhdhoras mar nach raibh ól á cheadú dóibh.

Cén dochar an t-ól? Dheamhan a n-ólfadh sise pé scéal é. Ba cuma léise dá n-ólfadh Stiofán, dá mbeadh boladh an óil féin uaidh, fad is nach mbeadh sé óltach. Nó dá mbeadh sé óltach féin, fad is nach mbeadh sé ró-óltach.

Ní raibh sí ag dul ag pósadh Stiofáin, dheamhan a bpósfadh sí Stiofán go deo, ba é Ciarán ba mhó a thaithnigh léi. B'airde Ciarán ná Stiofán. Bhí Stiofán róbheag agus ró-ramhar. Bhí Ciarán go hálainn. Ba dheise, dar léi, an t-ainm 'Ciarán' ná 'Stiofán'. Níor thaithnigh féasóg Stiofáin léi. Ní raibh aon fhéasóg ar Chiarán. Bhí súile donna Chiaráin go hálainn agus malaí a shúl. Bhí malaí Stiofáin rómhór. Níor thaithnigh malaí móra súl léi. Bhí malaí Stiofáin chomh mór go mba bheag nár dhúnadar ar a chéile.

Bhí chuile shórt go hálainn faoi Chiarán. A cholainn chaol, a dhroim díreach, a dhóigh álainn ghruaige. Tháinig a chulaith ghléasta go hálainn leis. Dheamhan a bhfaca sí riamh dicí-bó chomh hálainn.

Shuíodh Ciarán in aice léi amanta agus dhamhsaíodh sé in aice léi amanta agus d'inis sí dó go raibh a dhicí-bó go hálainn agus rinneadar gáire, ach b'é an rud faoi Thríona, go raibh Tríona róghar di féin.

Chuile dheis a bhí ag Tríona bhí sí corntha thart ar

cholainn Chiaráin agus í ag tabhairt póigíní dó. Phóg sí é ag tús agus ag deireadh chuile dhamhsa agus go minic le linn an damhsa. Lúbshnaidhm sí a lámha mar chuing ar a mhuineál, í á phógadh go muirneach. Bhí Tríona seafóideach.

B'é a dúirt Tríona le Nóirín gur gháir sí an iomarca ach b'é a dúirt Ciarán léi go mba dheas leis a gáire. Dúirt Ciarán léi go raibh glór binn aici. Dúirt sé léi go raibh gúna álainn uirthi.

Nuair a dúirt Ciarán na rudaí seo léi ba thuilleadh gáire a rinne sí, clingeacha úra gáire, agus dúirt sé gur scall loinnir luain óna súile agus óna héadan. Bhorr a colainn is a cíocha.

"Níl cluain nó cealg ionat!" a dúirt Ciarán, cé nárbh í go baileach céard ba bhrí leis sin.

"Deireann tú agus déanann tú mar a mhothaíonn tú!" a dúirt sé.

"Agus cén dochar sin?" a dúirt sí.

"Dochar ar bith!" a dúirt sé.

"Scéitheann do shúile gaetha solais!" a dúirt sé.

Rinne sí meangadh mór gealgháireach.

Bhuail stuaim é.

"Cén chaoi a raibh m'ainm ar eolas ag do mháthair?" a d'fhiafraigh sé.

"Mar gur inis mise t'ainm dhi, a phleidhce!" a dúirt sí.

"Ar dhúirt do dheartháir aon cheo fúm?" a d'fhiafraigh sé.

"Ní maith leis thú!" a dúirt sí.

"An réitíonn tú le do dheartháir?" a d'fhiafraigh sé.

"Ní réitím!" a dúirt sí.

"Go maith!" a dúirt sé.

Nuair a bhain sí an rós dá gúna ba mhaith léi dá mb'é Ciarán in ionad Stiofáin a thug an rós sin di.

LOBELIA

Tháinig Aintín Cáit ar cuairt ag an teach, a hiníon in éineacht léi. Ní raibh súil ar bith leo nó go dtángadar ina gcarr mór. Ba sa chathair i mBleá Cliath a bhí cónaí orthu agus bhíodar an-ghalánta. Bhíodar feistithe an-ghalánta agus labhraíodar an-ghalánta, cé nár mhóide go raibh Aintín Cáit baileach chomh galánta lena hiníon. Shíl Beartla go raibh Aintín Cáit go deas.

Shuíodar ar fad sa chisteanach. B'í Aintín Cáit ba chaintí. Bhí go leor leor le rá aici. Shuigh Beartla go ciúin de leataobh ag éisteacht go haireach léi, gan smid le rá aige féin ach amháin go bhfreagraíodh sé go cúthail an chorrcheist a chuireadh a aintín air. Mholadh sí é agus dhéanadh sí meangadh ina leith. Riastraíodh sé beagán lena haird.

"Amach leat, agus tabhair amach í sin in éindí leat!" a dúirt a mháthair i dtráth leis, ar chomhairle níos mó ná ordú a bhí sí a thabhairt; an dara cuid dá comhairle éiginnte agus mós íseal, arae ní raibh sí in ann cuimhniú ar ainm na hiníne. "Tá an lá go deas! Is deas a bheith amuigh!"

Ach b'fhearr le Beartla a bheith istigh. Cé nár mhiste leis a bheith amuigh leis féin, ní raibh dúil ar bith aige a bheith amuigh léi seo. Tháinig fústar air. Shearr sé é féin.

"Mura mian leis fhéin!" a dúirt Aintín Cáit.

"Bheadh an-áthas air í a thabhairt amach san aer," a dúirt a mháthair.

Bliain ba shine a bhí Beartla, ach ba chúthaile i bhfad é. Dheamhan a raibh sise cúthail chor ar bith. Sotalach a bhí sise.

"Cá ngabhfaidh muid?" a dúirt Beartla.

" 'Spáin thart í!" a dúirt a mháthair.

Os comhair a aintín is a hiníne níor theastaigh uaidh a bheith dána. Céard a 'spáinfeadh sé di? Céard a bhí amuigh a gcuirfeadh sí spéis ann? Cén spéis a bhí ag cailíní? Céard a dhéanfadh sé chor ar bith? Thógfadh sé suas an bóithrín í.

Shiúladar leo go braiteach leadránach. Bhí Beartla i bponc. Céard d'fhéadfadh sé a rá léi seo?

"Seo é an bóithrín seo againne," a dúirt sé. "Bhoil, is le daoine eile freisin é!" a dúirt sé i dtobainne. "Ní le duine ar bith bóthar ar bith!" a dúirt sé. " 'Sé an chaoi a bhfuil sé go bhfuil cead ag chuile dhuine siúl ar bhóthar ar bith! Ach is muide is mó a shiúlann ar an mbóithrín seo mar go bhfuil ár gcuid talúna ar dhá thaobh an bhóithrín. Ach ní linne é, is leis an gComhairle Chontae é, is iad a chuireann an chaoi air. Tá oiread céanna ceada agatsa, nó ag duine ar bith eile, siúl ar an mbóithrín seo is atá agamsa!"

Bhí barúil mhaith aige go mba sheafóid é an méid a bhí ráite aige.

"Tagann go leor daoine as Cill Eaguala an bóithrín seo," a dúirt sé.

Cárbh fhios dise cá raibh Cill Eaguala?

"Tá Cill Eaguala thuas ansin!" a dúirt sé.

Níor dhúirt a pháirtnéir tada. Níor léirigh sí go raibh suim ar bith aici sa scéal. Cén chaoi a mbeadh ach oiread? Dheamhan a raibh aithne ar bith aicise ar Chill Eaguala, ar Pheaitín Shéamais nó ar Pheaitín Tam nó ar dhuine ar bith acu sin. Ach d'eile a labhródh sé air?

Choinníodar orthu ag coisíocht, eisean beagáinín chun tosaigh uirthise. Thug sé faoi deara go raibh cloigne nua á gcur amach ag driseacha. Ní raibh a mhaide aige. Dá mbeadh bhainfeadh sé a gcloigne díofa scun scan.

B'annamh a bhac sé le maide ach amháin nuair a bhí sé ag seoladh na mbó. B'in spóirt a thaithnigh leis, ag baint na gcloigne úra de na driseacha. Ba chomórtas dó é an cloigeann a bhaint scun scan seachas a fhágáil ar crochadh go fann.

Thug sé faoi deara go raibh an draoi cloigne nua curtha amach, curtha amach an-fhada freisin, ceanna acu éirithe righin le haois. B'in toisc nár sa sliabh a bhí na ba le píosa. Chaithfí deimheas nó corrán a oibriú orthu.

"Sin é ár gcorrach thoir!" a dúirt Beartla.

Níor chuir a pháirtnéir mórán suime ann.

"Báthadh droimeann ansin anuraidh orainn!" a dúirt sé.

Bhí sí á feiceáil arís aige: an bhó ghorm lena droim bán.

"Corrach glogair cuid mhór de!" a dúirt sé.

Dá léireodh sí spéis ann d'inseodh sé tuilleadh di.

Ach b'iontach a thostaí is a bhí sí. Faoi dheireadh, ámh, gan sea nó ní hea a rá, phioc sí sú craobh.

"Tá's agamsa cá bhfaighidh tú neart sútha talúna!" a dúirt Beartla.

"Tá neart fraochán freisin ann!" a dúirt sé.

Shonraigh sí bláth.

"Cén t-ainm atá air seo?" a d'fhiafraigh sí.

B'in í an chéad chaint a rinne sí. Ní raibh a ainm aige.

"Sin fiaile!" a dúirt sé.

"Téarma míchóir is ea 'fiaile'!" a dúirt sí. "Bláth is ea gach aon ní a dtagann bláth air!"

Baineadh siar as Beartla. Bhí ainmneacha go leor den fhásra ar eolas aige agus thosaigh sé air ag ainmniú ina thimpeall.

"Ab é nach bhfuil ainm an cheanna sin agat mar gur dóigh leat gur fiaile é?" a dúirt sí.

"Tá fiailí go leor ann," a dúirt sé, "copóga, feothanáin, buachaláin."

Rith sé leis ainm a thabhairt ar a ceannsa freisin, ainm a chumadh, mar nár mhóide go mbeadh a fhios aici ach nár chuimhnigh sé i n-am air. Mheabhraigh sé a raibh ráite aici agus mheabhraigh sé gur shíl sé féin an rud céanna, go mba iomaí fiaile a raibh barr uirthi chomh deas is a bhí ar aon bhláth.

"Is linne an poll sadhlais sin!" a dúirt sé. "Againne amháin atá poll sadhlais!"

"Ceapann daoine go mbíonn boladh bréan uaidh ach ní cheapaimse sin chor ar bith, is amhlaidh is maith liomsa é!" a dúirt sé.

"An sileann sé isteach san uisce?" a d'fhiafraigh sise.

"Cén chaoi?" a d'fhiafraigh Beartla.

"An sú," a dúirt sí.

Céard a bhí i gceist aici?

"Níl fhios agam!" a dúirt sé.

Cén t-uisce?

"Rug mo Dheaide uair ar shionnach nuair a bhí muid ag gabháil don sadhlas! Rug mé fhéin ar choileáinín!" a dúirt sé.

"An mbéarfá ar cheann domsa anois?" a dúirt sise.

Go tobann rinne Beartla siota éiginnte gáire.

"Níl sé chomh héasca sin breith orthu!" a dúirt sé. "Tá boladh bréan uathu! An ceann ar rug mise air rinne sé a mhún orm!"

Ní dhearna sise ach strainc a chur uirthi féin.

"Le Máirtín Mháirtín an garraí sin. Murach é is linne an talamh uilig ar dhá thaobh an bhóithrín aníos go dtí seo!" a dúirt Beartla. "Tá cúig acra fichead de thalamh bhán againne!"

Chuir sí a srón le bláth eile. Níor chuir sí a ainm ar Bheartla ach thug seisean an t-ainm di. Dáiríre ba bhláth an-choitianta a bhí ann. Thaispeánfadh seisean bláthanna deasa sa sliabh di, cinn nach raibh le feiceáil rómhinic: milseáin mhóna, drúchtíní móna, na deirfiúiríní. Bhíodar seo go hálainn. Barr álainn dearg ar na milseáin, na deirfiúiríní gléghorm. Agus 'spáinfeadh sé bláth ab áille fós di.

"Linne an sliabh seo ar fad!" a dúirt sé. "Tá céad acra sléibhe againne!"

Níor léirigh a chompánach mórán iontais.

"Bím ag taomadh amanta sa sliabh!" a dúirt sé.

"Seo'd iad na milseáin mhóna!" a dúirt sé.

Níor léirigh sise aon mhórfhlosc.

"Sid iad na deirfiúiríní!" a dúirt sé.

Stoith sí ceann acu.

"Níor chóir dhom iad a bhaint," a dúirt sí.

"Tá neart acu ann!" a dúirt seisean.

"Tá an bláth seo go deas," a dúirt sí.

"Gabh i leith uait, go 'spáinfidh mise ceann dhuit is deise ná é!" a dúirt sé.

Ba i ngar don bhearna isteach a bhí an sceach bhlátha seo ach bhí cor fá gcuairt tugtha acu, d'aon úim ag Beartla, le go mbeadh sé seo mar sméar mhullaigh aige. Chonaic sé roimhe anois í ag cur i measc driseacha ar bharr an mhóta; seandíog ag bun an mhóta idir í is iad. Bhíodar buailte air. B'iontas leis nár thug sise fós faoi deara é.

"Seo'd í í!" a dúirt sé.

A siogairlíní úrdhearga. Beacha ag tógáil neachtair uathu. D'fheith sé dá tuairim sise. Bhí súil aige go mbeadh tuairim aici.

"Céard é do mheas?" a dúirt sé.

Bhain sise searradh as a guaillí.

"Nach gceapann tú go bhfuil sé go deas?" a dúirt sé.

"Tá sé ceart go leor!" a dúirt sí le straois bheag.

"Sílimse go bhfuil sé go hálainn!" a dúirt sé.

"Sin fiúise!" a mhínigh sé. "Is féidir mil a shú as na siogairlíní sin!"

"Tá's agam!" a dúirt sí.

"Ó!" a dúirt sé. "An bhfaca tusa crann acu cheana?"

"Sin tor, nó sceach," a dúirt sí.

Ní raibh an focal 'tor' aige. Murab é 'torthaí' é? Crann nó sceach a thabharfadh sé féin air.

"Is breá liom é!" a dúirt sé.

Rinne sise sclugaíl bheag gháire.

"Chonaic tú sceach acu cheana?" a d'fhiafraigh sé.

"Tuige nach bhfeicfinn!" a d'fhreagair sise.

"Tá's agam," a dúirt sé, "go bhfuil sceacha mar í in áiteacha eile ach seo é an t-aon cheann acu atá thart anseo!"

Arís eile rinne sise sclugaíl.

"Meabhraíonn sí rósanna Iúil dhom!" a dúirt seisean.

Gháir sise go hard.

"Cén bhaint atá ag fiúise agus ag rósanna Iúil in ainm Dé?" a dúirt sí.

"Tá baint acu!" a dúirt sé.

Bhí fearg trína luisne ag teacht air.

"Cén bhaint?" a d'fhiafraigh sí.

"Baint amháin atá acu," a dúirt sé, "is ea nach bhfuil a fhios agamsa ach sceach amháin dá gcineál, agus baint eile is ea gur ar bharr sconsa a fhásann an dá cheann."

Phléasc a gáire uirthi.

"Níl amhras ar bith ann ach gur aisteach an duine thú!" a dúirt sí.

"Céard tá aisteach fúm?" a d'fhiafraigh seisean.

"Tada, b'fhéidir, i do chás-sa!" a dúirt sí.

"Cén cás é mo chás-sa?" a dúirt sé, trí na chéile air.

Bhí teach Mháirtín Mháirtín amuigh roimhe. Ní raibh i gceist aige tada a rá faoi Mháirtín Mháirtín ach i dtobainne bhí sé ráite aige.

"Sin teach Mháirtín Mháirtín! Teach ceanntuí a bhí aige go dtí le gairid. An-scéalta faoi shióga ag Máirtín!"

B'in é an t-údar nár theastaigh uaidh tada a rá faoi.

"An gcreidtear fós sna sióga?" a d'fhiafraigh sise.

"Ní chreidimse iontu pé ar bith é!" a d'fhreagair seisean.

"Ba le Learaí Sheáinín an teach bán sin thall nó gur chroch sé é fhéin!" a dúirt sé. "Is leis i gcónaí é, ar ndó, ach go bhfuil sé básaithe anois. Istigh sa gcisteanach, chuir sé rópa ó fhrata. Bhí sé ar crochadh ar feadh seachtaine gur cuireadh fios ar na gardaí. B'éigean an rópa a ghearradh!"

Ní dhearna a chompánach ach strainceanna agus straoiseanna a chur uirthi féin.

"Is aisteach an dream sibh!" a dúirt sí.

Bhí sé ráite arís aici.

"Ní mise an dream sin chor ar bith!" a dúirt seisean.

Bhí idir bhuile is náire air. An priompalláinín!

"An maith leat an tuath?" a d'fhiafraigh sí.

"Is fearr liom í ná an chathair pé ar bith é!" a d'fhreagair sé le stuaim.

Bucáileadh sí léi, an chircín!

Shiúil sé abhaile faoi dheifir, gan smid chainte a dhéanamh os ard, ach a smaointe ag cur go tréan, ise ag triall go mall ina dhiaidh. Mhoilligh sé beagán ag teacht i bhfogas an tí dó. Shíl sé gur mhoilligh sise freisin. Bhí an dream istigh ag ithe ruainne beatha nuair a thángadar isteach.

"Bhoil?" a dúradar.

ADHSAC AR SAOIRE

Amuigh ina shuí ar chathaoir bheag ghréine i lár a ghairdín chúil a bhí sé an meán lae a chas mise air, a sheanbhróga oibre agus a stocaí leagtha de leataobh aige. Clabanna na mbróg leata i dtreo na spéire súil go ndéanfadh an ghrian, an t-aer, agus an leoithne mhín ghaoithe ar uairibh, laghdú ar an mboladh bréan. Agus nár chliste nárbh os cionn na mbróg a bhí na stocaí aige ach iad sin leis leagtha de leataobh uathu ar an bhféar?

É nocht go hiomlán, ina chraiceann glégheal, cé's moite de bhrístín agus hata; fobhrístín faoin mbrístín, sílim. Cé nár sínte siar go leisciúil le droim na cathaoireach ag alpadh na gréine a bhí sé ach é claonta chun tosaigh, óir go raibh an ghrian rómheirbh, a dúirt sé, agus gan na spéacláirí gréine ceannaithe fós aige.

"Mé le fada ag beartú ar a gceannach!" a dúirt sé.

"M'anam, muise, ach go bhfuilir sin i ndomhnach, a Adhsaic!" a d'aontaigh mé.

"Mé dhá ndearmad mar gurb éasca a ndearmad," a dúirt sé.

Cé nár bhaileach a ndearmad a rinne sé, a dúirt sé, ach masmas mór a bheith tagtha le tamall air faoina raibh á gceannach; iad á gceannach ag chuile mhac an pheata.

"Nuair a chinn mise i dtosach orthu ní raibh ionam ach scorach agus ní raibh ann ach tús an fhaisin," a dúirt sé, "ach dheamhan a bhfuil an glas-scorach ar an mbaile anois nach bhfuil péire is ildaite ná ag a chomhscorach ar iompar go gaisciúil ar dhroichead cam a shróine aige!"

"Nach in é é?" a dúirt mé.

"Agus cén aois anois thú, bail ó Dhia is ó Mhuire ort, mura miste leat mé dhá fhiafraí?" a d'fhiafraigh mé de gheit, cé nárbh in í an cheist a bhíos le fiafraí i ndáiríre, mar go raibh a fhios agam go mba mhórán ar aon aois le mo Dheaide féin é. Ach d'fhreagair sé mo cheist go fírinneach:

"Nach cuma faoi aois?" a dúirt sé, idir ráiteas agus cheist ina fhreagra. "Cé nach ag ceilt m'aoise ar aon chréatúr atá mé, ach gurb í fealsúnacht an duine fhéin an tábhacht!"

B'é a labhair go maith, a shíl mé, agus baineadh stad tobann asam cé nárbh é castacht an téarma sin, 'fealsúnacht', faoi deara mo stad chor ar bith arae tá ar m'acmhainn prae chéille a bhaint as, óir ní haon róphúca mé, ach go dtaitníonn an téarma liom. Cibé cén fáth scalltar láithreach luan buí lóchrainn, scal ar geall le fís í, ar fud m'inchinne a dhá thúisce is a chloisim an téarma céanna. Óir tuigtear dom i gcónaí gur ábhar domhain atá luaite agus atá ar thob a bheith pléite. Mothaím m'inchinn ag cur chun oibre ar an bpointe, mar ríomhaire ag múscailt, cnapán ar chnapán ag preabdhúiseacht. Feicim romham Aristotle, go maithe Dia dom é, agus Plato agus Descartes agus Pascal agus an dream mór sin ar fad, go maithe Dia dom é, mar nach bhfuil aon ró-eolas agam orthu.

Pé ar bith é shuigh mé fúm ar an bhféar, amach ó na bróga agus ó na stocaí, ach le hais a chathaoireach agus d'inis mé dó gur shíl mé go raibh sé ar saoire.

"Shíl tú i gceart, a bhuachaill!" a dúirt sé.

"Ar do shaoire ar saoire, a shíl mé," a dúirt mé, agus b'in í freisin an cheist a bhíos le cur ní ba thúisce air.

"*C'est vrai*," a dúirt sé go socair.

Chomh socair is dá mba ag ól gloine fíona *al frescoe* a bhí sé.

Rinne mé cling bheag gháire, ar mhó dáiríre de chnead ná de sclugaíl í, arae is maith leis scaití a bheith ag déanamh gaisce. Cé go sílimse dáiríre nach mórán Fraincise atá aige.

"*Je suis ici*!" a dúirt sé.

Rinne mé cnead dhóite eile cé gur shíl mé i dtobainne go mb'fhéidir go mba fhearacht cháich anois aige é, go raibh nathanna á bhfoghlaim i ndáiríre aige.

"Séard is brí leis sin go bhfuil mé ar saoire anseo!" a dúirt sé.

"Tá's agam, i ndomhnach!" a dúirt mé.

"I mball na háite seo, a bhuachaill! Anseo i mo ghairdín cúil!" a dúirt sé.

"Ó, agus nach maith atá's agam!" a dúirt mé.

"*Ici dans mon jardin derriére*!" a dúirt sé.

"Ó, agus ar ndóigh, nach bhfeicim sin, a chomrádaí!" a dúirt mé.

"*Tu comprends*?" a dúirt sé.

"*Oui*!" a dúirt mé.

"*Trés bien*!" a dúirt sé

Ar feadh meandair níor mé a mba in Éirinn chor ar bith a bhíomar.

"*Ici entre des fleurs: des roses, des tulipes, des pivoines, des bégonias, et toutes sortes de legumes . . .*" a dúirt sé.

"Áiméan, a Thiarna!" a dúirt mé.

Shíl mé go raibh taom aistíola dá bhualadh.

"*. . . pommes de terre, oignons, tomates, choux-fleurs, et beaucoup d'autres encore*!"

Ar an ala chéanna céard a rinne sé ach a chloigeann a chaitheamh siar sa chaoi's go raibh a éadan i mbéal na gréine, nochtaigh sé a dhraid ghlébhuí agus scaoil sé uaidh an phléasc gháire ba bhinne dár chluin mé riamh.

"Há, há, há, há!" a chan sé.

Ach céard déarfá, a dhearthháir, mura scaoilfinn le rois de mo gháire aoibhinn féin?

"Há, há, há, há!" a scaoil mé.

"Há, há, há, há!" a scaoil Adhsac mar agús eile.

"Há, há, há!" a scaoil mise arís, ach nach ndearna mé an t-am seo ach na trí cinn mar gur shíl mé, déanta na fírinne, go raibh an ceathrú ceann aigesean beagáinín as alt.

"Tú ag trácht ar shaoire!" a dúirt sé.

"Is tú atá ar saoire, bail ó Dhia is ó Mhuire ort!" a dúirt mise.

"*C'est vrai*!" a dúirt sé arís, agus tháinig faitíos millteach orm go gcasfaimis ar ais ar an seanphort céanna ar ball. Ach gur aththúsaigh mé m'agallamh ar an toirt.

"Ar do shaoire abhus céard a dhéanann tú?" a d'fhiafraíos.

"Céard a dhéanaim?" a dúirt Adhsac.

Agus céard a dhéanfadh sé ach pléascadh amach ag gáire, sa chaoi is go raibh trí na chéile níos mó ná riamh orm.

"Neart! An bhfuil a fhios agat seo, ach gur measa thú ná bod leice!" a dúirt sé.

"Bod leice? 'Séard atá i gceist agam," a dúirt mé, agus bhíos ar tí 'a mháistir' a ghairm air, "ar laethanta saoire anseo dhuit an bhfanann tú scaithín níos fuide sa leaba?"

"An bhfanaim scaithín níos fuide sa leaba? Is iomaí áit is fearr ná an leaba, a bhuachaill! An bhfanaim scaithín níos fuide sa leaba?"

Theastaigh uaidh freagra níos meáite a thabhairt orm.

"B'fhéidir go bhfanaim agus b'fhéidir nach bhfanaim!" a dúirt sé.

Leis sin labhair sé níos boirbe.

"Nach cuma dhuitse?" a dúirt sé.

"Ní fhanaim!" a dúirt sé.

"Maith go leor?" a dúirt sé.

Ach bhí dearg-ghoic na cumarsáide á cur aige air féin agus d'fheith mé.

"Is luaithe a éirímse nuair a bhím ar saoire!" a dúirt sé.

"An-fhear!" a dúirt mé.

"Tagaim amach anseo," a dúirt sé, "crochaim mo chathaoir amach anseo, buailim fúm ar an talamh í, suím i dtráth uirthi, bainim díom mo bhróga agus ansin bainim díom mo stocaí, cuirim de leataobh ar an bhféar iad, agus breathnaím i mo thimpeall."

Bhí tuilleadh le rá aige agus d'fheith mé.

"Cé nach bhfuil anseo ach gairdín beag tá mórán le feiceáil ann!"

Bhí geáitse fós air agus d'fheith mé. Agus d'fheith mé.

"Maith an fear!" a dúirt mé.

"Níl ionam ach gnáthfhear!" a dúirt sé, ní ba thúisce agus ní ba chantalaí ná mar a bhí coinne agam leis, arae ní raibh coinne agam ag an uair úd le tada uaidh.

"Tá an domhan le feiceáil anseo!" a dúirt sé.

"Tá's ag an lá!" a d'fhreagair mise.

"Ní hamháin ag an lá atá's!" a dúirt sé.

"Ag an oíche chomh maith, tuigim!" a dúras-sa.

"Is agamsa atá's!" a dúirt sé.

"Is agatsa atá's, i ndomhnach!" a dúirt mé.

"Bainimse féar na plásóige seo go mion sa gcontráth," a dúirt sé, "agus scuabaim le scuab í i leaba a rácáil le ráca sa gcaoi's nach mbíonn a sifíní ag greamú de mo bhoinn."

"Fear slán, a mh'anam, an-phlean!" a dúirt mé, agus mé borrtha le haiteas.

"Is fearr is féidir scannáin na seilmidí a shonrú nuair atá an féar gearr," a dúirt sé.

Bhoil, anois, céard déarfá, a dúirt mé liom féin, agus bhíos buíoch.

"Bainim an féar le contráth na hoíche agus bíonn a scannáin le feiceáil agam le contráth na maidne!" a dúirt sé.

"Fear slán, a mh'anam!" a dúirt mé.

Bhíos ar bís.

"A ngréasáin gheala siar is aniar nó soir is anoir!" a dúirt sé.

"Má éirím sách luath bíd fós ar a n-aistir!" a dúirt sé. "Samhlaítear i gcónaí dom gur siorafanna ina luí iad, ach nach ina luí chor ar bith a bhíd ach iad ar siúl. Suím fúm ag breathnú orthu agus tomhaisim an t-am a thógfas sé orthu an t-achar seo bealaigh a dhéanamh. Mura gcoinníonn tú do shúil go síoraí orthu feicfidh tú nach é an t-achar seo ama chor ar bith a thógann sé orthu. Bíonn m'uaireadóir agam ach is minic acu sos nó béile beag a thógáil ar an mbealach."

"Ab é nach spéis leo, nó nach é a mianach, triall ó thuaidh nó ó dheas, nó cor fá gcuairt a thabhairt, na siorafanna luite seo?" a d'fhiafraigh mé go fiosrach.

Ach go mba i néal úr a bhí Adhsac.

"Dreapaid in airde ar na pabhsaetha agus nuair a fheicim thuas iad ní bhíonn de shamhail agam dhóibh ach moncaithe ar chrainnte," a dúirt sé. "Cé go ndéanann siad scrios áirid cliseann an misneach orm a mbaint anuas agus a satailt ina smionagar ar an talamh. Pabhsae an-ard é an *Dancing Doll* agus ní thuigim ó thalamh cén chaoi a n-éiríonn leo a dreapadh ach nach in é an chaoi. Ach is deise liom iad ná na púcaí pé ar bith é. Bradáin in abhainn an tsamhail atá agam do na púcaí ach más ea fhéin tá an dearg-ghráin agam orthu mar nach bhfuil iontu ach glae."

"Nára slán an tsamhail!" a scaoil mise uaim i ngan fhios mar shéideáinín beag broma.

Ach go mba mhír eile dá chuntas a bhí á scaoileadh uaidh ag Adhsac.

"Suím fúm anseo Samhradh agus Geimhreadh. Feicim síolta á gcur i mo cheapóga ag éanlaith agus ag feithidí an aeir. Feicim dúidíní na síolta ag péacadh san Earrach. Feicim a ngeamhar is a mbláth. Feicim a dtráithníní ag críonadh sa bhFómhar. Feicim a ndath agus a ndealramh ag athrú . . . "

"Feiceann tú!"

"Feicim! Agus feicim an fál ansin le t'ais. Ag cur. Ag cur rófhada. Feicim go bhfuil sé in úd a scoite agus scoithim é, ag tabhairt liom deimheas as an gcró agus mé dhá oibriú. Feicim go bhfásann driseacha aníos tríd an bhfál, agus bíogaim le háthas faoi go mbeidh sméara dubha agam amach anseo, b'fhéidir, ach go sánn siad a gcloigne amach ar nós nathracha nimhe. Stánaim orthu agus comhairím a n-orlaí faid, ag fadú in aghaidh na huaire, agus bíonn orm an cinneadh a dhéanamh . . ."

"Bíonn ort!"

"Agus mar a fheiceann tú tá glasraí agam . . ."

" . . . fataí, leitís agus cabáiste. Sin é an t-am nach maith liom na seilmidí! Gur gráin liom iad oiread is is gráin liom na púcaí!" a dúirt sé.

"Cén t-am é fhéin?" a dúirt mé.

"Nuair a ghabhaid ag bradaíl ar an gcabáiste!" a dúirt sé. "Tagann fearg agus dubholc orm an t-am sin. Gan sna seilmidí údaí th'éis an tsaoil ach sciortáin, a deirim liom fhéin. Téim ar a ndeargthóir, dhá dteilgean chuig na héin. Óir bíonn an draoi éan anseo ar mo chaoithiúlachtsa: gealbhain, meantáin, druideanna, préacháin, cáganna, faoileáin, snaganna breaca agus dreoilíní. Nílim a rá nach mbíonn cineálacha eile freisin ann, mar go mbíonn, agus bíd ar fad le beathú. Feicim chugam iad ar a míle bionda anuas ó na firmimintí, ó shimléir na gcomharsana, amach as poill claíocha is fálta agus isteach thar sconsaí. Iad ag cantain is ag comhrá . . . "

"A n-allagair agat, bail ó Dhia is ó Mhuire ort!" a dúirt mé.

"An gcreidfeá ach gur minic a bhfuadar fuirste ag cur na bpéisteacha aníos as an úir?" a dúirt sé.

"Ní doiligh a chreideachtáil, i ndomhnach!" a dúirt mé.

"Creid é, a bhuachaill!" a dúirt sé.

"Allagar na bpéisteacha freisin agat, a thréanfhir!" a dúirt mé.

"Níl a n-allagar siadsan ag aon duine!" a dúirt sé.

"Cén dochar, airdfhear!" a dúras.

"Ní fear ard mise, insítear an fhírinne!" a dúirt sé. "Agus is cuma liom. Fear íseal mé. Fear ramhar mé ina theannta. Ní mé nach fear otraithe mé. Tá srón mhór orm, tá béal mór, súile móra, agus tá faithniúchaí móra. Ná cuirtear an fhírinne as a riocht!"

"Áiméan, a Thiarna! Cén dochar, a stór?" a dúirt mé.

"Dochar?" a dúirt sé. "Dheamhan dochar! Cé dúirt gur dochar é? Is é m'oidhreacht é. Ba bhean ramhar í mo Mhamó, a d'ól a bhfuair sí de leann is de thobac, an féans fhéin d'ólfadh sise é, agus dheamhan dochar a rinne sé dhi!"

"Cén dochar sin?" a dúirt mé, mar go mba ag síothlú na bpictiúr a bhí sé a chaitheamh chugam ba mhó a bhí m'intinnse.

Nó go bhfacas a shúile dána ag lonradh dímheasa orm.

"Dheamhan dochar nó cuid de dhochar, ar ndóigh!" a dúirt mé faoi dheifir.

Shéalaigh a racht dímheasa agus bhí sé ceanúil arís orm.

"Feiceann tú go bhfásann an luifearnach in éindí leis na glasraí, a Mhicilín, a chara?" a dúirt sé.

Ní Micilín m'ainmse chor ar bith ach Micil, ach cén dochar?

"Feicim!" a dúirt mé.

"Tá an fliodh ansin," a dúirt sé, "an garbhlus, an ghlúineach dhearg, an cheathrú caorach, an spúiste gréine, an lus cré, an dá chineál neantóige, an feothanán, an chopóg, an liodán liosta agus liodán an úcaire, an camán searraigh agus go leor eile!"

"Go leor eile, muis, agus tá go leor ansin!" a dúirt mise.

"Seo ní is maith liom!" a dúirt sé.

"Is maith leat agus is maith liomsa!" a dúirt mise.

"D'fhanfainn go brách i mo ghairdín ag breathnú orthu!" a dúirt sé.

"D'fhanfá agus d'fhanfainnse agus ní ghabhfá thar farraige, " a dúirt mise.

"Cur amú ama an dul thar farraige sin!" a dúirt sé.

"Ní ghabhfá cois farraige?" a dúirt mé.

"Cur amú airgid, a mhic!" a dúirt sé.

"Ní ghabhfá ag cluife peile?" a dúirt mé.

"Dhá mba thaobh liom fhéin é ní ghabhfainn ag breathnú ar amadáin ag fuirseadh ar fuid páirce i ndiaidh liathróide leathair!" a dúirt sé.

"Ní ghabhfá chuig seó capaill?" a dúirt mé.

"Ní ghabhfainn! Má tá capall amháin feicthe agat tá chuile chapall!" a dúirt sé.

"Agus ní fhanfá sa leaba!" a dúirt mé.

"Ní fhanfainn!" a dúirt sé.

Shuigh mé aniar ar an bhféar mín scuabtha, mo lámha ar mo chúl mar thaca droma. Bhíos ag miondealú go géar a raibh ráite aige agus mé ag taighde is ag tóch a chuid fealsúnachta san am céanna. An ghrian ag doirteadh isteach orainn. Cé d'fhágfadh an ball seo agus an aimsir mar a bhíonn sí, a dúirt mé liom féin. An tsíocháin agus an tsocracht i réim san áit seo, a dúirt mé. Seitreach síofrach síobóige isteach orainn an chorruair. Suanthorann na gcarranna ar an mótarbhealach amuigh á shíobadh isteach thar na tithe againn. Mo chluasa, mo shúile agus mo mheabhair i dtiúin. Nár dheas an t-ionad fleá fulachta é, a dúirt mé liom féin, le réinfhia nó le collach nó le bullán a chur á réiteach?

"Dhá mbeadh bairbiciú agat sa ngairdín seo d'fhéadfá asal a róstadh!" a dúirt mé, agus níor le greann é.

Sílim gur bhaineas stad as Adhsac.

"Dhá mbeadh asal agat, mar déarfá!" a dúirt mé.

"Cén cineál asail?" a dúirt sé.

"An ndéanfadh an deatach an timpeallacht a thruailliú?" a d'fhiafraigh sé.

"An ghrian!" a dúirt mé.

"Meas tú a mbeadh deatach uaithi sin chomh maith?" a d'fhiafraigh sé.

Bhuail smaoineamh domhain i dtoirt é.

"Meas tú arbh fhiú é, a Mhicilín?"

"Céard sin?" a d'fhiafraigh mé.

"Asal a chur dhá róstadh?" a dúirt sé.

"Ag magadh a bhí mé dháiríre! Níor mhaith liom chor ar bith go ndéanfaí asal a róstadh! An iomarca asal a dhéantar a róstadh! An iomarca ban a bheadh i do dhiaidh dhá ndéanfá!" a dúirt mé.

Ansin labhair Adhsac arís gan choinne.

"An bhfuil a fhios agat seo, a Mhicilín?" a dúirt sé.

" 'Micilín'!" a dúras.

"An ní is ansa liomsa faoin samhradh ná na cuileoga!" a dúirt sé. "An chaoi a ngabhaid thart ag crónán! Nach ag crónán ach oiread é ach ag spraoi! Ag spraoi ar nós páistí. Nach ag spraoi ach oiread é ach ag seabhrán nó ag fógairt! Ag fógairt ort breith orthu. Iad ag spochadh asat a dhul i muinín do mhiota. Ach iad ag scinndheifriú uait. Siad an meirbheadas iad, a Mhicilín! Cloisim agus feicim an teas ina nglór!"

Mise i muinín mo mhiota ag sonrú a smaointe.

"Oiread sin acu ann, buíochas mór le Dia, iad ar fad ag siansa ceoil le chéile: beacha gabhair, gormáin, creabhair, cuileoga caca is séarachais, gnáthchuileoga tí is gairdín, iad uilig ag spórt is ag súgradh. Snáthaidí móra a buil siad, snáthaidí fada, snáthaidí púca. Is iad seo an samhradh domsa, a Mhicilín!" a dúirt sé.

" 'Micilín'!" a dúras-sa.

" '*Mouche*' an focal atá ag na Francaigh ar 'chuileog'," a dúirt sé. " '*Bouche*' an focal atá ar 'bhéal' acu. Meas tú nach ón bhfréamh chéanna é? Tá go leor cuileog sa bhFrainc! Ar chaoi eicínt ní maith leis na Francaigh na cuileoga!"

"Tá údar le cuileoga a bheith fairsing, a Mhicilín! Ach bhí tú ag fiafraí dhíom ar ball faoi fharraige is faoi chluifí peile, faoi sheónna capaill agus faoina liachtaí rud eile. Bhí tú ag fiafraí dhíom cén spéis a bhí agam iontu agus léirigh mé an spéis sin dhuit. Bhoil, inseod anois dhuit, is gan thú a fhiafraí dhíom chor ar bith, rud amháin ar spéis liom, agus seo é an caitheamh aimsire is ansa ar fad ar fad liom, agus ní sa samhradh amháin é, agus sin mé a bheith ag cur éadan orm féin le mo chomharsana. Chaithfinn an tsíoraíocht dhá dhéanamh seo dhá mbeadh an t-am agam! Éirím i mo sheasamh ó mo chathaoir agus dírím m'éadan ar a dtithe, agus ligim orm gur ag iniúchadh a dtuarlínte a bhím, óir is spéis liom tuarlínte, agus sáim amach leota de mo theanga. Múnlaím mo theanga sa riocht seo agus sa riocht siúd, agus múnlaím m'éadan, agus is ait liom an déanamh is aistí a bheith orm. Go deimhin féin ní hamháin go ndéanaim le mo chomharsana bochta é ach go ndéanaim leis an domhan domlasta frí chéile é! Déanaim gáire ansin."

"Bhfuil a fhios agat seo, a Mhicilín . . . ?"

"Sin fáth eile de na fáthanna, a Mhicilín . . . !"

" . . . nach dtabharfainn de shásamh do mo chomharsana, go bhfanaim abhus le olc a chur orthu, nár mhaith liom lá fhéin a chur amú, a Mhicilín, gan mé a bheith ag cur bearráin orthu nó mé a bheith ag saighdeadh faoin domhan . . . !"

Bhí Adhsac ag fiuchadh foinn ar a tháirm.

"D'eile a dhéanfainn?" a dúirt sé.

"Mar go n-abraíonn siad gur gealt bhréan bhuile mé!" a dúirt sé.

Agus d'eile a dhéanfadh sé ar an ala sin ach a éirí ina sheasamh. Níor leota dá theanga i gcruth ar bith a sháigh sé amach an uair chinniúnach seo ach a chos a chur amach roimhe agus é a dhul a rince. Thréanrinc sé ar fud an ghairdín ina chosa boinn, a lámha á n-oibriú go haerach san aer aige, a cholainn á hoibriú siar is aniar aige agus a cheann, gan de shamhail dó ach each uisce. Broncó! Liúnna á ligean aige. Na trithí gáire ar siúl aige. Choinnigh sé air ag imeacht is ag imeacht is ag síorimeacht nó gur thit an hata tuí gréine óna chloigeann. B'in nuair a chonaic mé don chéad uair go raibh sé maol.